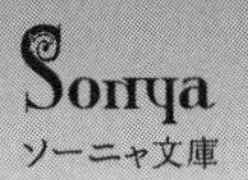

ソーニャ文庫

結婚願望強めの王子様が私を離してくれません

栢野すばる

イースト・プレス

contents

プロローグ

ぎし、と軽い音を立ててが揺れた。

ルイの金の髪は、夜の闇の中でもはっきりと浮かび上がって見える。

「あ」

アンジュを組み敷いたルイが、楽しげな声を上げた。乳房を弄ばれていたアンジュは、漏れ出す甘い声をこらえて夫に尋ねる。

「どう……されましたの……？」

「城の中に、刺客が入ってきたみたいです」

半裸のルイは満面の笑みで答えた。そして、濡れ始めたアンジュの花襞のあわいに指を滑らせる。

「あっ……あん……っ……」

「誰狙いでしょうね、やはり僕でしょうか？」

物騒な言葉をこぼしながら、ルイは指先でアンジュの秘裂を弄んだ。

くちゅくちゅと音がして、アンジュの腰が揺れる。

「あ……危ないなら……おやめになったほうが……っ……んぅ……っ……」

一糸まとわぬ姿で、アンジュは身をくねらせる。夫の愛撫に馴染み始めた身体は、指の動きに合わせて潤(うる)み、次から次へと蜜をこぼした。

「ルイ様……おやめください……んっ……」

「せっかくいいところなのに、本当に邪魔ですね」

ルイの指が、ずぷりと音を立ててアンジュの泥濘(ぬかるみ)に沈む。

「んあっ……」

こんなことをしている場合ではないと思いながら、アンジュはせつなく身体をよじった。

——このままだとやめてくださらないわ。

アンジュは決心して身体を引いた。膣内をまさぐっていた指がぬるりと抜ける。

「危険なときにお続けにならないで」

息を弾ませて叱りつけると、ルイが名残惜しそうに濡れた指を見つめた。

「これからが本番なのですが」

「分かっています。ですが危険なときは駄目です」

ルイはすっと膝立ちになると、ズボンの前ホックを外した。昂(たか)ぶった彼自身がぶるりと揺れ、力強く飛び出す。

「これではなにもできません」

「あ……」

アンジュの目が、それに釘付けになった。

「おさめていただけませんか？」

アンジュは頬を染めて起き上がり、夫の肉杭に唇を寄せる。

どこかからか人の叫び声が聞こえた。この城では、日常茶飯事だ。

――本当だわ……陛下が騒がしい。また襲撃なのかしら。

そう思いながらも、アンジュはいきり立つ杭に舌を這わせる。こうして愛撫されると嬉しいと、夫から伝えられているからだ。

舌先に塩の味を感じた。アンジュは構わずに隆起した肉杭にむしゃぶりつく。

「……上手、ですね」

ルイの声がわずかにかすれた。夫が確かに快楽を覚えていることを確信しながら、アンジュは血管の浮く肉杭を舐めあげた。

そそり立っていた肉杭がひくりと震える。

アンジュは肉杭に手を添え、先端を小さな口に咥え込んだ。

奥までは大きすぎて呑み込めない。だが懸命に唇と舌でくびれを愛撫し、滲み出してくる精をすする。だんだんとルイの息が乱れてきた。

大きな手がアンジュの頭を撫でる。アンジュは目を細め、口いっぱいに頬張った肉杭をそっと吸い上げる。

はしたない音が漏れ、アンジュの脚の間からさらに愛蜜が滲んだ。

肉杭の雁首を甘噛みすると、ルイが引き締まった下腹を波打たせる。

「ああ、アンジュ、僕の可愛い人」

アンジュの長い髪を摑んで、ルイが言う。口の中の肉杭は、生き物のようにビクビクと脈打っていた。

構わずに凹凸のある表面を舌先でこすると、ルイがさらに肉杭を押し込んできた。息もできないほどに愛しい肉棒を頬張らされ、アンジュの目に涙がにじむ。

「ん……く……」

アンジュは声を堪えて、杭の根元を握った。その部位は射精を堪えるように硬く強ばっている。優しくしごくと、先端から口の中に精が滴ってきた。

「ありがとう、アンジュ、もういいです」

口の中を満たしていた杭が抜けた。

アンジュの豊かな乳房の上に、おびただしい白濁が放たれる。

両の胸を寄せて受け止めると、ルイはアンジュの身体をぎゅっと抱きしめた。

「アンジュ、愛しています」

「ルイ様……」

「汚してしまって本当にすみません、これで拭いてください。ちょっと行ってきますね」

アンジュの膝に、身を清めるための布が何枚も置かれる。

ルイはようやく鎮まった『それ』をしまうと、剣を手に半裸のまま部屋を飛び出していった。

アンジュは数枚の布を使って、夫の精にまみれた身体を拭う。

そして毛布を肩からかぶり、うずくまる。

アンジュは戦闘要員としては無能だから、一番安全な城主の間でこうして潜んでいるしかないのだ。

――ルイ様、どうかお怪我をなさいませんように。

脚の間は、まだ熱く疼いたままだった。どのくらい待っただろう。不意にどこかから凄まじい絶叫が聞こえた。

「ぎゃあああああああああッ！」

どさり、と音がした。『人が倒れる音』だ。

アンジュはわずかに身を固くする。

ぎゅっと目をつぶったとき、バン、と音を立てて扉が開く。

「戻りました」

入ってきたのはルイだった。

わずかに身体に返り血を浴びているが、怪我をした様子はない。城内からは騒然とした空気が漂ってくる。どうやら襲撃者たちは片付けられたらしい。

ルイは血まみれの剣を投げ出し、アンジュが巻いた毛布を優しく剝ぐと、汗だくのまま口づけてきた。アンジュは裸身を夫に委ねる。

「ルイ様、ご無事で何よりです」

「ありがとう、アンジュ……。本当に、こんなときに襲ってこないでほしいものです」

アンジュをぎゅっと抱擁すると、ルイは穿いていたズボンを脱ぎ捨てた。

「貴女を愛するよりも大事な仕事はないというのに」

アンジュを組み敷きながら、ルイが言う。見つめ合っていると、身体の奥が再び燃えるように熱くなった。

「ルイ様……」

「アンジュ」

脚が大きく開かれる。

未だ濡れたままのそこに、昂ぶる杭の先端が押し当てられた。

ずぶずぶと杭が沈み込んでくる。

性急に、乱暴に押し開かれた身体が、歓喜に震えた。

「あ……あん……っ……」

アンジュはたまらずにルイの広い背中にしがみつく。

普通の神経なら、こんなときに交わり合ってはいられないはずだ。

いったいいつから自分はルイと同じ生き物になったのだろう。

「あ……や……ルイ様……ルイ様ぁ……」

ぐちゅぐちゅと淫らな音を立てて、アンジュはルイの分身を食んだ。こうして抱き合っていると、身体中がルイの肌に溶かされてしまいそうだ。

「アンジュ、可愛い声を出さないで」

「ん……っ……我慢、できな……っ……」

アンジュは淡い栗色の髪を乱し、いやいやと首を振る。

「人を殺して昂ぶっているのです、そんな可愛い声を出されたら……」

呑み込んだ杭が、蜜洞の中でぐいと反り返るのが分かった。

「朝まで貴女を抱き続けてしまいそうです」

第一章　暴力ですべてを解決する

記憶にも残らない挙式を終え、とうとう、初夜がやってきた。

ほぼ二日なにも食べていないし、水も飲んでいない。

披露宴でもなにも喉を通らなかった。

今にも意識が薄れていきそうだ。

『だいたいのことは諦めた』

それが、アンジュ・クーレングーシュの人生観だ。

アンジュは、クーレングーシュ公爵が侍女に手を出して生ませた娘である。

母と引き離され、アンジュは公爵家の娘として育った。

とはいえ、正妻の公爵夫人から見れば、アンジュは憎き不倫相手の子。

ろくな育てられ方はしなかった。

『政略の駒としてどこにでも嫁がせられるように』と礼儀作法は叩き込まれたけれど、他は酷いものだった。

食事は使用人でも食べないような残り物。

ドレスはわざと汚した義姉コリンヌのお下がり。

暮らす部屋は物置を改装した日の差さない汚い部屋。

唯一自由になるのは、教養を身につけるための図書室への出入りだけだ。

いつもよれよれの格好をしているアンジュは『クーレングーシュ公爵家のアヒル姫』という不名誉なあだ名まで付けられている。

だがもう関係ない。アンジュの命は今夜で終わりだからだ。

――私は、この初夜のうちに死んで、お母様を助けなきゃならない……。

アンジュは視線を『夫』に向けた。

豪奢（ごうしゃ）な寝台に腰掛けているのは、今日アンジュの夫になったルイ・アルテュール・ド・コンスタン王子だ。

側妃が生んだ、コンスタン王国の第二王子である。

歳は二十一歳、その優秀さと美貌から、『王太子の目の上のこぶ』と呼ばれている。

――可哀想なお方。危険な戦争の最前線に送られて、圧勝して、生きて帰ってきたら次は私と結婚させられるなんて。

他人を哀れんでいる場合ではない。だが、アンジュは目の前の美貌の王子に同情せざるを得なかった。

ルイは、正王妃に憎まれている。

理由は王太子の立場を危うくするほどに、ルイの人望が厚く優秀だからだ。この結婚も、ルイの力を削ぐために正王妃がごり押ししたものである。

『アンジュ・クーレングーシュ以外との結婚は認めない』と。

だがルイはこの縁談を呑んだ。

周囲の心ある者たちはルイを止めたらしいが、ルイはなぜか『結婚できるならいい』と言って受け入れてしまったらしい。

——ルイ様が、私との結婚を決断された理由はなんなのだろう……？

「こちらにどうぞ」

ルイが微笑んだ。

アンジュは、従順にルイの傍らに腰を下ろす。

初夜の身支度を手伝ったのは、クーレングーシュ家から付いてきた侍女たちだ。

そのうえアンジュは今、懐にナイフを隠し持たされている。

『今夜のうちに必ず死になさい、さもなくば死ぬのはお前の母親だからね』

挙式の直前、公爵夫人に囁かれた言葉を思い出し、アンジュはつばを飲み込んだ。

——私はルイ殿下を陥れるために、今夜ここで死ななければならない。

そう思いながらアンジュは、寝室に掛けられた鏡を見た。

淡い栗色の髪に青い目のアンジュは、大人しい見かけの娘だ。気弱そうで、たいしたことを企んでいるようには見えない。

一方で傍らのルイは、神の寵愛を集めたごとき容姿の持ち主である。

黄金の髪にエメラルドのような緑の瞳。顔立ちは精悍で男らしく、アンジュよりも頭一つ背が高い。

堂々たる美丈夫であるルイは、痩せこけたみすぼらしいアンジュに微笑みかけた。

「今日からよろしくお願いします、アンジュ殿。優しくしますから」

そう言うとルイはアンジュをそっと抱き寄せた。

アンジュはますます身体をこわばらせる。

妻としてルイに抱かれるつもりはない。

――今だ！

アンジュは懐からナイフを取り出し、思いきり首に突き立てようとした。

その瞬間、ぐるんと世界が反転する。

アンジュは寝台に押し倒され、ナイフはルイに取り上げられていた。

「先ほど永遠の愛を誓ったばかりだというのに、なぜ死ぬのです？」

ナイフを手にしたルイが淡々と尋ねてくる。

「邪魔をしないでください！」

「ああ、そうか。僕に『妻を殺した』という濡れ衣を着せたいのですね？　すみません、わざわざ聞くまでもないことを」

　アンジュは凍り付く。

　その通りだ。

　初夜の床でアンジュが死ねば、どんなに言い訳をしようとルイは疑われる。

　生涯にわたって『妻を初夜で死なせた』という汚名を着せられるだろう。

　――そうなれば再婚も難しくなる。それにルイ殿下個人の名誉も貶められるわ。

　それこそが正王妃の、そして正王妃の大親友であるクーレングーシュ公爵夫人の狙いなのである。

「嫌！　嫌、放してくださいませ」

　アンジュはルイを無理やり振り払うと、起き直った。

　ルイの形のいい唇に微笑みが浮かぶ。

「しかし、素人にこんな粗悪なナイフしか渡さないなんて、残酷な話です。誰にもらったのですか？　クーレングーシュ公爵夫人でしょうか？」

「な……なにをおっしゃって……」

「ご覧なさい。先端がつぶれかけているでしょう？　これでは刺してもたいして血は出ません。もっと出血量が多くなる切り方を教えてあげましょう」

ルイはナイフを無理やりアンジュに握らせ、己の首筋に当てさせた。

「こうです、この角度です」

圧倒的な力だ。振り払えない。

ルイの首筋からつっと血が滲み、アンジュは悲鳴を上げた。

「いやぁぁっ！」

「自殺したいのならば、この角度にして思いきりナイフを引くんです。さあ」

「あ……！」

アンジュの身体から恐怖のあまり、がくりと力が抜ける。

ルイはアンジュから手を放し、ナイフを奪うと思いきり壁に投げつけた。ナイフがまっすぐに壁に突き刺さったのを見て、アンジュはがたがたと身体を震わせる。

――な、なんて力なのかしら……！

首筋から血を流しながら、ルイが尋ねてきた。

「人の肉を切るのは恐ろしくありませんか？」

「い……いや……怖い……っ……」

「恐ろしいと思うならば、貴女は正しい。僕も昔は恐ろしかった。人を傷つけたくないという思いは、清らかな思いです。これからも貴女はその清らかさによって、神の加護を得られることでしょう」

──この人はなにを言っているの？

そう思いながらアンジュは布を探した。ルイの出血はかなりの量で、寝間着まで汚し始めていたからだ。

──ルイ様のお怪我の手当てをしたら、隙を見て窓から……。

アンジュが窓を見やった瞬間、ルイの声が耳元で響く。

「もしや、次は窓から飛び降りる気ですか？」

そう囁かれ、アンジュは今度こそ飛び上がりそうになった。行動を読まれている。

蒼白になって振り返ると、ルイは穏やかに言った。

「なんとなく分かりますよ、貴女が素直に自死を選ぼうとした理由は。アンジュ殿は人質を取られているのですね？」

当たり前のように指摘され、アンジュは弱々しいうめき声を漏らす。

「あ……ああ……」

「もしかして、人質に取られているのはご母堂ですか？　クーレングーシュ公爵家でこき使われているとお噂の」

ルイはゆっくり瞬きをする。輝かしいエメラルドの瞳に見据えられて、アンジュは動けなくなった。

「ご母堂の居場所の心当たりは？」

ルイの異様な迫力に押され、気付けばアンジュは正直に本当のことを答えていた。

「分かり、ません。普段母は屋敷の裏方で働いているのですが……っ」

「それで？」

「わ、私は、公爵夫人に、母親を助けたければ、結婚初夜にルイ殿下の閨で自決するよう命じられたんです」

言い終えて、アンジュはぎゅっと拳を握りしめた。

「なるほど。公爵夫人がご母堂をさらった犯人、ということまでは分かっているのですね。それであれば、なんとか居場所は特定できそうです」

「え、あ、あの……？」

ルイは血を流したまま立ち上がる。

「絶対に自決はせずに待っていてください、いいですね？」

なぜ母を助けてくれるのだろう。

呆然とするアンジュに、ルイがにこっと微笑みかける。

「では、先に寝ていてください。おやすみなさい」

そう言うと、ルイは足音もなく部屋を出て行った。

「なぜお前が生きているの！」

気を失うように眠りについていたアンジュは、怒声と共に目を開けた。

アンジュを怒鳴りつけているのは、クーレングーシュ公爵家から付いてきた侍女頭だ。

公爵夫人から『必ず死ね』と言い渡されたのに、アンジュが朝になっても生きている。

そのせいで怒り狂っているのだろう。

侍女頭は公爵夫人の腹心である。

幼い頃からアンジュはこの侍女頭にいじめ抜かれてきた。

罵声（ばせい）を聞いているだけで、髪を摑んで引きずり回されたり、鞭（むち）で打たれたりしたことが頭をよぎる。脚が震え、吐き気がした。

「死ぬ度胸がなかったのね、どうしようもない女。何のためにルイ王子にお前を嫁がせたか分かっているの？」

「あ……あの……」

壁には自決用のナイフが刺さったままだ。アンジュは慌てて立ち上がり、自決のためにそのナイフを抜こうとした。だが抜けない。凄まじい力で壁にめり込んでいる。

「私、本当にちゃんと自決しようと……っ……」

「もういいわ、お前のことは公爵夫人のご命令通りにここで処分するから」

侍女頭が顎（あご）をしゃくる。侍女の一人が薄笑いを浮かべてなにかを取り出した。ナイフと瓶だ。瓶には毒が入っているのかもしれない。

――女の力でも毒刃なら殺せる、ってこと……?

アンジュは蒼白になる。

そのときだった。

「彼女は、僕の妃なのですが」

静かな声が割り込んできた。ルイの声だ。

寝台に腰掛けたままのアンジュは、部屋に入ってきたルイの顔を呆然と見つめる。気配がない。いつから覗いていたのだろう。

憤怒の形相をしていた侍女頭は、別人のように上品な笑みを浮かべてルイに言った。

「何のお話でしょう? これから王子妃様のお支度をせねばなりませんの」

ルイはなにも言わず、侍女頭の髪を突然鷲掴みにする。

同時に、ブツブツという音と共に、侍女頭の髪が根元近くから切り落とされた。

「ぎゃあああああっ!」

無様な髪型にされた侍女頭が、ルイの手の中にある長い髪を見て絶叫する。

今の時代、貴婦人にとって長い髪は命そのものだ。髪を短くしていれば、娼婦や罪人と間違われても文句は言えない。

ルイは無表情に、もう一人の侍女を捕まえる。よく見ると、彼の手には大ぶりの短剣が握られていた。

「いや、いやいや、待って！　いやぁ、切らないでぇっ！」

ルイはその侍女の髪も鷲掴みにして、根元からぶっつりと断ち切る。

腰を抜かした侍女を床に突き飛ばし、逃げ惑う侍女たちを捕まえては、次々に髪を根元から断ち切っていく。ものすごい速さだった。

「いやぁぁぁぁぁっ！」

「なぜ、なぜこんなことをなさるのですか、王子殿下！」

侍女たちの悲鳴が部屋に満ちた。

アンジュは反射的に自分の髪を押さえ、ぎゅっと目をつぶる。次は自分の番だと思ったとき、ルイの声が聞こえた。

「ご母堂が見つかりましたよ」

アンジュは恐る恐る目を開けた。

「ああ、アンジュ！」

ルイの背後から、母の声が聞こえる。

髪も衣装もぼろぼろの母が部屋に駆け込んできて、アンジュにぎゅっと抱きついてきた。

「お……お母様……っ……」

アンジュは信じられない思いで、滅多に会えない母を抱きしめ返した。

どうやら、ルイはどこかに囚われていた母を助け出し、連れてきてくれたらしい。

ルイが侍女たちを振り返る。

「この侍女たちを、奴隷商に売ってもよろしいですか?」

訳が分からないまま、アンジュは慌てて首を横に振る。

「いけません、皆、公爵夫人の侍女なんです!」

「……なるほど。ですがいらない人間をこの城に置いておくわけにはいかないのです」

ひどく冷たい声音にアンジュは息を呑む。

ルイは呼び鈴を二度鳴らした。複数人で来い、という合図だ。すぐに美しい衣装をまとった侍従が現れる。その背後には何人もの騎士たちが控えていた。

「この侍女たちを、エサントに話を付けて処分してくれ」

ルイの命令に侍従が深々と頭を下げる。

「は……か、かしこまりました」

騎士たちに引っ立てられた断髪姿の侍女たちが、口々に悲鳴を上げる。

侍女頭がルイを睨(にら)み付けて叫んだ。

「王子殿下! この件はクーレングーシュ公爵夫人に報告いたしますからね!」

「誰が口を開くのを許した?」

ぞっとするほど低い声でルイが言う。彼は壁際に置かれた剣を手に取ると、つかつかと侍女頭に歩み寄った。

「お前たちは僕の妃の命を狙った。その責任者を生かしておく必要はない」

──え……？　殿下は今なんと？

耳を疑うのと同時に、どすっ、と肉を貫く音が聞こえ、アンジュは思わず母と強く抱き合う。

侍女たちの絶叫が聞こえた。

「いやあああああっ！」

「死んで……死んでるうっ！」

「片付けておけ」

ルイの声が聞こえて、アンジュは薄目を開ける。床に倒れた侍女頭の脚だけが見え、扉が閉まった。

──じ、侍女頭が殺された!?

母に抱きしめられたままアンジュはがたがたと身を震わせた。

震え続けるアンジュに、ルイが声をかけてきた。

「アンジュ殿。公爵夫人は、貴女に惨めな思いをさせるために『アヒル』と名付けたというのは本当ですか？」

震えて声がうまく出ない。母と抱き合ったまま、アンジュは必死に答えを絞り出す。

「そ……そうです……」

「アヒル、フカフカで可愛いのに」

心の底から残念そうな声音だった。

「は、はい、そう、ですね」

受け答えなんてなんでもいい、この男の機嫌さえ損ねないようにしなければ。そう思っていたアンジュは、はっと我に返った。

この男から母を守らなくては。

「あ、あの、ルイ殿下、どうか母だけはお許しください」

「何の話でしょう？」

「わ、私にはなにをしてもようございます。ですが母だけはお許しください」

──怖い……。

強く歯を食いしばったとき、ルイが言った。

「僕は、僕を嵌めようとした侍女たちを処分しただけです。一人を殺しただけで全員を無力化できたのですから、無駄はなかったと思いませんか？」

冷めた声音だった。アンジュは呆気にとられて言葉を失う。

──こ、殺した数が一人だとか、そんな話じゃないのに……。

「まあそれは、もう片付いたからどうでもいいとして」

「ど、どうでもよくありません……っ……」

「せっかく助けた貴女のご母堂をどうしましょうか？　公爵夫人はきっと、貴女とご母堂を生かしておく気はありませんよね？」

アンジュは腕を緩め、母と顔を見合わせた。

その通りだ。なぜかルイに助け出されてきたけれど、母も自分も公爵夫人に目の敵にされていることに変わりはない。

「何でもしますから、母をお助けください」

アンジュは寝台から飛び降り、床にひれ伏して母の命乞いをした。

母のすすり泣きが聞こえる。

「いいえ殿下、どうか娘だけはお助けください。アンジュはまだ十八なのです、どうか、どうかお願いいたします」

「泣かないでください」

ルイはそう言うと、再び呼び鈴を鳴らした。

「お呼びでございましょうか」

先ほどの侍従が現れる。ルイは母の手を取ると、侍従の前に歩み寄った。

「こちらのご婦人を保護してくれ。まず初めに……」

ルイが侍従になにかを耳打ちする。侍従は難しい顔をしていたが、頷いた。

「かしこまりました」

「殿下、母をどこにやるのですか！」

思わず駆け寄ったアンジュに、ルイは言った。

「人に預けます。どこに預けるのかは言えませんが」

「お待ちください、どうか……！」

「大丈夫です」

ルイは侍従と母と連れ立って部屋を出て行った。

アンジュはその場にへたり込む。全身ががたがたと震え始めた。

本当に彼に母を任せて良かったのだろうか。

──あの殿下は何なの？　なにを考えているの？

ルイの噂はこれまでほとんど聞いたことがない。ただ優秀かつ大変な美丈夫で、正王妃に憎まれているという話がひたすら流れてくるだけだった。

だがアンジュの目の前にいるルイは噂とは違う。

アンジュに自分の首を切らせようとし、躊躇（ちゅうちょ）なく侍女たちの髪を切り取って、侍女頭を容赦なく殺した恐ろしい男だ。

──ああ、お母様……。

ぐらぐらと視界が揺れた。

昨日の朝からなにも食べていない。水すらも飲んでいないのだ。すう、と血の気が引いてゆく。

アンジュはそのまま、長い髪の毛だらけの床に倒れ伏してしまった。


「妃殿下は栄養失調ですね」

「では、子どもはすぐには生まれないと？」

「ええ、もっと体力をお付けにならなければ難しいでしょう」

——なんの話をしているの？

アンジュは薄目を開けた。美しい天井が見える。埃（ほこり）だらけの自分の部屋とは大違いだ。しばらくぼんやりして思い出す。ここはルイ王子の部屋だ。

視線を動かすと、白衣の医者と、首に包帯を巻いたルイの姿が見えた。

「殿下……首のお怪我は……？」

「大丈夫です。僕は傷の治りが早いから」

アンジュは頷く。

そしてふらつく身体を起こし、ルイに平伏して尋ねた。

「母は無事でしょうか？」

「もちろん」

ルイが優しい声で答える。

あんな事件を起こしたばかりなのに、平然としているのが恐ろしい。侍女たちの絶叫と、だらりと投げ出された脚を思い出しながら、アンジュは問いを重ねた。

「どこにいるのか教えてください」

「漏れると困るので詳しくは教えられません。僕の知人のところです」

これ以上は聞けないらしい。アンジュの母は美しく、まだ三十代の半ばだ。母の貞操も心配だったが口にするのは憚(はばか)られ、アンジュは唇を噛みしめる。

「心配はご無用ですよ」

なにかを察したようにルイが教えてくれた。

「……申し訳ありません」

「いいえ、心配なのは当然です。貴女と同じくらい綺麗なご母堂でしたから」

ルイはそう言うと、傍らの医者に尋ねた。

「妃の身体を回復させるにはどうすればいい?」

「ゆっくり休ませて、消化のいいものから召し上がっていただくしかありません」

「そう。アンジュ殿、何か召し上がりますか?」

アンジュは首を横に振る。

「そんなことより、私を妃に迎えられても、クーレングーシュ公爵家は殿下の味方にはなりません。私の存在は殿下の損にしかなりませんわ」

「もちろん分かっています。貴女の実家は正王妃派の急先鋒(きゅうせんぽう)で、クーレングーシュ公爵夫人と正王妃様が大親友同士ですしね。それで？」

問い返されてアンジュは絶句しかける。

「分かっていて、なぜ結婚に同意されたのですか？」

「結婚をして、家庭を持ちたかったからです」

「意味が分かりません」

「言葉通りの意味なのですが」

駄目だ、話が通じている気がしない。アンジュの身体が震え出す。

アンジュはまだ生きていて、母も無事だ。

そのうえルイが公爵家の侍女たちを全員『処分』してしまった。

このことがクーレングーシュ公爵家に知られたら、アンジュはどうなるのだろう。

——どうもこうもない。私は実家に引き戻されて殺される。

アンジュは、額の冷や汗を拭って尋ねる。

「なぜ、殿下は侍女頭を手に掛けたのですか？」

「侍女たちは、貴女を殺そうとしていたでしょう。僕の妃である貴女を」

瞬きをしないルイの目が、アンジュの目をじっと覗き込んでくる。

胸の谷間に脂汗がつっと流れた。

この男は危険だと脳裏で警鐘が鳴る。

「侍女頭にはその責任を取ってもらっただけです」

「分かり……ました……」

意思の疎通を諦め、アンジュは額を押さえる。そのとき扉が叩かれ、男性の声が聞こえた。

「殿下、妃殿下のお食事をお持ちいたしました」

「入れ」

カートを押しながら入ってきたのは先ほどの侍従だ。

彼は一礼すると、アンジュの寝台に簡易な造りの机を置いた。そして見事な金箔押しの皿をその上にのせる。

皿に盛られていたのはスープだった。柔らかそうな肉や野菜がたっぷりと入っている。

「お口に合うとよろしいのですが」

侍従はそう言うと一礼し、カートを押して部屋から出て行った。

「アンジュ殿に食べさせてもいいですか？」

ルイが医者に尋ねる。医者はもっともらしくスープの皿を検め、『よく噛んでお召し上がりください』と言い置くと、侍従に続いて部屋を出て行った。

「たくさん召し上がってください。貴女が元気になったら子どもを作りたいので」

アンジュはさじを手に取るのを止め、聞き直した。

「今、なんと？」

「結婚したからには、どうしても子どもがほしくて」

ルイが端整な顔にとびきりの笑みを浮かべる。

――だめだわ。ルイ殿下がなにを考えているのか分からない。

アンジュはため息を呑み込み、口を開いた。

「考えておきます」

そう言い置いて、アンジュはスープを一口飲んだ。

生き返る。温かいものなんて普段食べられないから貴重だ。ほっと息をついたアンジュに、ルイが尋ねてくる。

「おいしいですか？」

「はい」

「人殺しが怖いなんて、貴女は可愛いことを言うのですね」

そう言うと、ルイはアンジュの淡い栗色の髪を手に取った。

「綺麗な髪だ。貴女は本当にお美しい」

この男に美しいと褒められても嬉しくはない。

——殿下のほうがずっと輝かしいじゃないの。アヒル呼ばわりされてきた私なんかより。

アンジュは無言で首を横に振った。

「そうでした、アンジュ。貴女に大事な話をし忘れていました」

「なんでしょう？」

「この城にいるのは人殺しばかりなのですが、あまり偏見を持たずに皆に接してもらえませんか？」

アンジュの髪を指で梳きながらルイが言った。

——この城にいるのは人殺しばかり……？

意味が分からずに、アンジュはルイを見上げる。

ルイが気品溢れる笑みを浮かべてアンジュに言った。

「僕の配下は、使用人も騎士も全員が人殺しで、その事実を互いが共有しているのです。それだけは覚えておいてください」

「本当……ですか？」

「ええ」

「この城の皆様は、罪人だということですか？」

ルイが、青ざめて尋ねたアンジュの髪に口づける。触らないでほしかったが、それを口に出す勇気はない。

「それはどうでしょう？　仲良くなったらぜひ彼らに聞いてみてください」

ルイはそう言うと、アンジュの手からさじを取り上げ、スープをすくって差し出した。

「はい、口を開けて」

食欲などすっかり失せていたが、アンジュは逆らわずに口を開ける。

——じゃあこのスープも、人殺しが作ったものってこと……？

そう考えた途端に味が分からなくなる。何口かスープを飲ませてくれたあと、ルイは優しい声で言った。

「結婚生活って楽しいですね」

「え？　ど、どこが……ですか？」

「全部楽しいです。僕に妃がいて、将来は子どもも生まれるかもしれない。そう想像すると大きな花束でももらった気分になります。貴女はどうですか？」

アンジュはまったくそんな気分になれない。

もう実家には帰れないと、それしか考えていない。

——そうか、私、この王子殿下の機嫌を損ねたら、暮らす家さえ失ってしまうんだわ。

己の無力さがひしひしと胸に迫ってくる。

自分にできることはなんだろうと考えたが、何もない。

「結婚が楽しいかどうかは、もう少し考えなければ答えを出せません」

やっとの思いでそう答えると、ルイがさらに尋ねてきた。

「そうですか。貴女が楽しいのは、なにをしているときですか？」

殴られないとき、『死なせないように』と父からまともな食事をもらえたとき、本の内容が少しは面白かったとき……。

やはり顧みても、あまり人生に楽しいことはなかった。

言葉に詰まったアンジュに、ルイが言う。

「ご実家でのお暮らしは、お噂以上に息苦しかったようですね。まずは王子妃に相応しく、堂々となさってください」

「は、はい」

まともな指示だった。アンジュは返事をして姿勢を正す。

「体調が回復されたら、主要な使用人たちを貴女に紹介します」

持参したみすぼらしい服飾品を思い浮かべ、アンジュは惨めさを噛みしめた。

使用人の前で着られるドレスなどあの中にあっただろうか。どうせ死ぬはずだったアンジュの持参品など、襤褸(ぼろ)だけだ。

「分かりました。この食事を頂いて休んだら、身支度を調えます」

「ドレス姿の貴女はさぞ美しいことでしょう」

　ルイはそう言うと、胸に手を当てて微笑む。

　だがその目の奥は笑っていないように見えた。

　先ほど侍女頭に対して見せた酷薄さを思い出し、アンジュは改めて、そっと身を震わせたのだった。


　ルイ・アルテュール・ド・コンスタン第二王子は、十五のときに王宮に引き取られてきた。そして十七の頃からずっと、隣国デフェスタンとの戦線に立っていたという。

　アンジュが知っているのはそれだけだ。

『どうせ死ぬのだから、夫の身の上なんて知る必要はないでしょうに』

　公爵夫人の言葉を思い出しながら、アンジュは唇を噛みしめた。

　——私にはルイ殿下の情報がない。生き延びてしまった以上、少しでもいいから彼のことを知らなくては。

　そう思いながらアンジュは鏡を見据える。

　鏡の向こうから、痩せこけた胸ばかり大きな女が見つめ返してくる。

　目に見える部分には傷を付けられていない。父はアンジュをどこかの富豪に売る気だったからだろう。

クーレングーシュ公爵家は、コンスタン王国でも屈指の名門だ。

だが公爵夫人と義姉コリンヌの度を越した贅沢により、家計は傾きつつある。

父はその使い込みを止められず、妾腹の娘を売って補填しようと躍起になっていた。

『せっかく母親に似て美しいんだ。この娘は高く売れる。公爵令嬢であることを付加価値にすれば、身分がほしい成金が飛びついてくるぞ』

それが父の主張だった。

公爵夫人は『絶対にアンジュを幸せにはしたくない、金持ちに嫁いだら幸せになってしまうかもしれない』と口癖のように言い、父と大喧嘩していた。

そこに舞い込んだのが、国王からの命令である。

『第二王子ルイに、妾腹の娘アンジュを嫁がせよ』

その命令と同時に、ルイからは相当な額の支度金が支払われた。

アンジュが知るのはそこまでだ。

——私を売ったお金でお義母様やコリンヌ義姉様が贅沢をするのね……。

大切な母を人質に取られ、『闇で死ね』と命じられたことを思い出して、アンジュは拳を握り締めた。

「妃殿下、髪型がお気に召しませんでしたか？」

アンジュははっと我に返って、侍女を振り返る。まだ若くあどけない表情の娘だった。

「いいえ、これで問題ありません」

きっちりと結い上げられ、小さな髪飾りで留められた髪を確かめる。

なかなかの腕前だった。ただ王子妃と呼ぶには服装と宝飾品がみすぼらしいことこの上ない。

――だけど、持参品の中で一番まともなドレスはこれ。

アンジュは己の姿を確かめ、ため息をついた。

まったく似合わない明るい桃色のドレスだ。アンジュの痩せた身体には不釣り合いな、やたらとフリルを誇張する形をしている。

よく見れば食べ物の染みまで飛んでいるが、これは目をこらさねば分からないだろう。

――他のドレスはルイ殿下の前で着られたものじゃないし。仕方がないわ。

そう思いながら、アンジュは鏡越しに侍女を見つめた。

ルイが言うように、この温厚そうな娘も人殺しなのだろうか。

とうていそうは見えない。

アンジュは様子を窺いながら、侍女に言った。

「化粧をお願い」

「かしこまりました」

刷毛(はけ)で目の上に安っぽい真珠の粉を塗られる。てかてかと道化師のように輝いた。

アンジュの持参品は、なにもかもが劣悪だった。嫌がらせに持たされた品しかないのだから、仕方がない。

侍女が申し訳なさそうに尋ねてくる。

「落としましょうか？」

「そうね、塗らないほうがいいかもしれないわ」

身支度を終えたアンジュは、侍女に連れられてルイのいる部屋に戻った。先ほどまでアンジュが寝かされていた部屋である。

広く立派なこの部屋が城主の間で、どうやら夫婦の私室らしい。

部屋の前には真新しい絨毯が敷かれている。

絨毯を取り替えた意味はすぐに分かった。血で汚れたからだ。

――この城の人間は全員人殺し……。

アンジュはちらりと侍女を見やった。侍女は笑顔を浮かべて一礼すると、部屋の番兵に『妃殿下が戻られました』と告げる。

番兵は両開きの扉を叩き『妃殿下のおなりです』と声を上げた。

――この番兵たちも、皆人殺し？　本当のことなの？

そう思ったとき、ルイの返事が聞こえた。

「お入りください」

番兵たちがうやうやしく扉を開ける。

アンジュはルイが待つ部屋に入った。

ルイはアンジュの姿を一目見て、表情を曇らせる。無理もない、一国の王子の妃が着るような服ではないし、色も形もまったく似合っていないからだ。

「ドレスはそれしかありませんか？」

「はい、他のものは汚れていて、人前では着られません」

屈辱を堪えてあえて淡々と答えると、ルイが歩み寄ってきて言った。

「貴女を責めているわけではありません。公爵夫人はわざとそのドレスを選んで、貴女に持たせたのですね」

やはりこのドレスは、ルイの目から見てもごみ同然だったらしい。

ルイは腕組みをし、困ったようにため息をつく。

「アンジュ殿はとてもお美しいので、似合う服を着ていただきたいですね」

無言で視線をそらしたアンジュにルイは言った。

「少し待っていてください。ドレスを取ってきます」

ルイはそう言い置くと、部屋を出て行った。アンジュは長椅子に腰を下ろし、侍女に尋ねる。

「この城にはルイ殿下の他に、誰がお暮らしなのですか？」

「妃殿下だけでございます」

「ではなぜドレスをお持ちなのでしょうか？」

「あ……それは……」

侍女が気まずげに視線をそらす。

——愛人の衣装かしらね。

アンジュは口を閉ざした。

自分は夫の地位を下げるだけの『足枷妻（あしかせ）』なのだから、追い出されないだけでもありがたいと思わなくては。

侍女は俯（うつむ）いてなにも言わない。

アンジュはなにかを問いかけようと思って、やめた。

夫に愛人がいるのか、この城にいる人間は皆人殺しというのは本当なのか。どの質問も今日あったばかりの人間に気軽にできるものではないからだ。

——いったいここは、なんなのかしら。

どのくらい待っただろう。複数人の侍従と共にルイが戻ってきた。

「お待たせしました」

広い広い部屋の中に、何枚もの色鮮やかなドレスが広げられる。

——新品ばかり？

目を見開くアンジュに、ルイが微笑みかけてくる。

「貴女の明るい栗色の髪に合いそうなのは……この色なんてどうでしょう?」

ルイが選んだのは、深みのある赤ワイン色のドレスだった。胸には細かな真珠が縫い付けられ、百合の柄を描いている。生地は艶のある絹サテンだった。

途方もなく高価なドレスだと分かる。

「あちらの寝室でこのドレスを着てきてください」

ルイの私室は居間と寝室が繋がっている。

ドレスの持ち主のことは問わずに、アンジュは従順に頷いた。彼に逆らってもいいことは一つもないからだ。

「この色なら妃殿下にお似合いですわ。さすがは殿下、素晴らしいご趣味ですこと」

先ほどまで気まずそうにしていた侍女が嬉しそうに微笑む。どうやらルイは、この侍女からは慕われているらしい。

――普段から暴力的なわけではないのかも。この侍女はルイ殿下に怯えている様子はないものね。

そう推測しながら、アンジュは赤ワイン色のドレスに着替えた。

ほとんど日に当たらなかった白い肌に、あざやかな色がよく映える。ルイが選んだドレスは、たしかにアンジュにあつらえたかのようによく似合っていた。

余る胴回りは、侍女がうまく仮縫いで誤魔化してくれた。腕利きの侍女なのだろう。

「少々お待ちくださいませ」

寝室を出た侍女が、サファイアと金の髪留めと、真珠の首飾りを持って戻ってきた。

「このメッキの飾りはやめて、妃殿下の目に合わせたサファイアにいたしましょう」

「ありがとう」

手早く髪飾りを取り替え、真珠の首飾りを着けると、侍女が嬉しそうに微笑む。

「お美しゅうございます」

先ほど、義姉コリンヌのお下がりを着たときとは正反対の反応だった。

「この髪飾りもルイ殿下がご用意くださったもの？」

「はい、さようでございます」

「お借りしても大丈夫なのかしら」

「それはもちろんです！　お化粧は必要ありませんわね、このドレスの色でぐっとお肌が白く見えますもの」

アンジュは頷き、寝室を出た。

「ああ、やはり美しい。アンジュ殿には真珠もその髪飾りも似合いますね」

ルイが目を細める。

正体不明の『他人』のドレスを借りて浮かれる気にもなれず、アンジュは曖昧に微笑んで頭を下げた。

「城の中を案内します。歩いても気分は悪くならなそうですか？」

先ほど飲んだスープのおかげで身体は充分温まっている。

「はい、大丈夫です」

アンジュはドレスの裾をつまんで、ルイに一礼した。

ルイの目がじっと自分を見ているのが分かる。王子妃としての品格を保てる女かどうかを試されているのだ。

そう思うと身が引き締まる思いがする。

これまでに受けさせられた厳しい礼法の特訓が生かされればいいのだが、と思いながら、アンジュはルイや護衛、侍女たちと共に部屋を出た。

「そういえば、アンジュ殿は剣を習ったことはありますか？」

さっそく意図のよく分からない質問が飛んでくる。

「いえ、あいにく」

ルイは形のいい唇にかすかに笑みを浮かべ、アンジュに言った。

「そうですか。僕はまれに命を狙われることがあるので、この城が騒がしくなることがあるかもしれません。そのときは僕の指示に従って、隠れていてください」

――ルイ殿下はお命を狙われているのね。

情報が一つ手に入った。

ルイを狙っているのは、おそらく正王妃だろう。だが他にも敵がいるのかもしれない。早合点はやめて、彼が漏らす言葉の一つひとつを拾い集め、検証していかねば。

「命を狙われるとおっしゃるわりに、落ち着いていらっしゃるのですね」

「はい、怯えていても状況は変わりませんから」

ルイはそう言うと、アンジュの手を取った。

「階段を降ります、気をつけて」

アンジュはルイにエスコートされ、赤いカーペットが敷かれた広い階段をゆっくりと降りていく。

——絨毯が赤いのは、血を目立たせないようにするためなのかしら。

物騒な想像をしそうになって、アンジュは急いでそれを振り払った。

他に集められる情報はあるだろうか。

——ルイ殿下のお母様は、何年か前に亡くなられたのよね。国王陛下とルイ殿下の関係はどうなのかしら。力を削いでも生かしておきたいと思うほどなのだから、それなりに息子として愛されてはいるの？

「どうしました？」

ルイが尋ねてくる。アンジュは慌てて首を横に振った。

「申し訳ありません、考え事をしていました」

「分からないことは聞いてください。貴女はこの城の女主人になる人なのですから」

ルイが美しい顔に微笑みを浮かべる。

同時に高い襟の陰からちらりと包帯が覗いた。

アンジュに首を切らせようとしたときの傷である。

——あれは、なんだったんだろう……。

あのときアンジュが剣を引いていたら本当に死んでいたかもしれないのに。やはりよく分からない男だ。ルイはなにを考えているのだろう。

アンジュはルイの様子をそっと窺う。

これまでの彼の言動を考えると、機嫌を損ねさせたくはないことだけは確かだ。

「あちらが正面玄関で、ここが大広間です」

玄関ホールに降りると、ルイがそう教えてくれた。城内は綺羅を尽くした装飾が施され、王子の身分に相応しい輝かしさだ。

「大広間を覗いてみますか？」

「いえ、場所だけ分かれば結構です」

玄関ホールを警備していた番兵たちが、一斉にルイとアンジュに頭を下げる。

「ちょっと庭を見ましょうか」

ルイはそう言うと、玄関のほうへ歩いて行った。開け放たれた扉から精緻に整えられた庭園がよく見える。クーレングーシュ公爵家の庭よりも広く見えた。

他国の王族を招いての園遊会も、余裕で行える規模の庭園だろう。

──なぜこんなに豊かなのかしら。

アンジュは数々の疑問を胸に収め、ルイと共に庭の一部を回る。薔薇の木の一つひとつに至るまで、手塩に掛けて育てられたことが分かる。

樹形が美しく、一朝一夕で整えられたものではない。

──この城は、ルイ殿下が誰かから受け継いだの？

そう思ったとき、ルイが尋ねてきた。

「庭で一番気に入ったのはなんですか？」

完璧に整えられた薔薇の枝振りを眺めながら、アンジュは答えた。

「薔薇です」

「よい目をお持ちだ。僕もこの庭の薔薇は好きです。父方の祖母が育てさせて、それから何十年もここで咲き続けているのですよ」

彼が言う『父』とは誰のことなのだろう。国王なのか、母親の再婚相手の養父なのか。

社交界から隔絶されていたアンジュには分からないことだらけだ。

アンジュは余計なことを一切言わず、ただ薔薇の木を褒めた。

「花が多くて、枝振りも調和が取れていて、素晴らしい薔薇だと思います」

「ありがとう。次は子ども部屋に行きませんか？」

ルイが微笑む。

「子ども部屋、ですか？」

「ええ、こちらです」

ルイは城内に戻ると、広い廊下を歩いて行く。

「この部屋です」

案内されたのは、家族用に用意されたとおぼしき領域にある、美しい扉の前だった。

ルイの考えが読めぬまま、アンジュは一礼してその部屋を覗く。

広い窓とバルコニーがついた、風通しのよさそうな部屋だ。家具は一通り揃っており、女の子の部屋だと分かる。

机の上には本が置かれ、誰かがさっきまで読んでいたかのように開いたままだ。

寝台の上には、服選びの途中だったとおぼしきドレスが投げ出されている。

明らかに人がいた形跡がある、と思いながらアンジュはルイに尋ねた。

「この部屋は、誰かがお使いなのではありませんか？」

「誰も使っていません」

アンジュは意味が分からず侍女を振り返る。

侍女はアンジュと目を合わせようとしない。

不思議に思っていると、ルイが言った。

「マルグリットが片づけなかったのかな」

——それは誰……？　ここは誰も使っていないって、今ご自分でおっしゃったのに？

ルイは微笑んで、背後の侍女たちを見やった。

「誰か、マルグリットを呼んできてくれ」

侍女も侍従も番兵も、誰も何も答えない。

ルイはその様子を見て、怒りもせずに言った。

「仕方ないな、では僕が探してくる。失礼、アンジュ殿、少々外します」

ルイはアンジュの手を取ると、手の甲に口づけて去って行った。

——どうして使用人が迎えに行かないの？

不思議に思いながら、アンジュはルイを見送る。

「ルイ殿下をお一人で行かせていいの？　護衛はいらないの？」

「はい。殿下に剣の腕で勝る人間はおりませんから」

侍女が視線を合わさぬままそう答える。

「マルグリット様ってどなた？　この部屋の持ち主なのでは？」

「さようでございます。今はもういらっしゃいませんが」

――今はいない？

アンジュは驚いて侍女に尋ねた。

「どういうこと？」

「あの、私の口から申し上げていいのか分かりませんが、殿下は時々、ご家族を亡くされたことを忘れてしまわれるのです。けれどしばらくすると自然に思い出されます。それまでの間はそっとしておくのがよいようなので」

「どういうこと？　ご家族を亡くされたって」

「妃殿下は、殿下の境遇をご存じないのですか？」

侍女が驚いたように尋ね返してくる。

「ええ、知らないわ。教えてくれる？」

侍女が侍従と顔を見合わせる。しばらく考え込んだあと、侍女は一礼して言った。

「では、僭越ながら私が。ルイ殿下の母君サティネ様は、ルイ様が二つのときに国王陛下と離婚されたのです。側腹の王子はいらぬという、正王妃様のご意向を汲んでの離婚でした。そしてすぐにルイ殿下を連れて再婚なさったのですが、そのお相手が、この城の持ち主だった、ウィルバート・ピアダ侯爵様でした」

ピアダ侯爵家という名前は、貴族名鑑で目にしたことがある。

頷くと、侍女は話を続けた。

「サティネ妃殿下と侯爵閣下の間にお生まれになったのが、妹のマルグリット様、そして弟のアラン様です。ルイ殿下とサティネ妃殿下は新しいご家族と平和にお暮らしでしたが、ルイ殿下だけが十五のときに王宮に引き取られました。国王陛下に新しく男児が生まれなかったため、呼び戻された形になります」

「ピアダ侯爵家の皆様になにがあったの？」

侍女が悲しげな顔で何かを言いかけたとき、不意に不思議そうな声がした。

「皆、こんなところでなにをしているのですか？」

ルイの声だった。アンジュは弾かれたように振り返る。彼はアンジュに微笑みかけると、穏やかな口調で言った。

「この部屋はまだ片付けていないんです。将来子どもが生まれたら、その子の部屋に改装しようと思っていたのですが」

——さっきと言っていることが違う。

アンジュは身体をこわばらせながらも、慎重に尋ねた。

「こちらは誰のお部屋だったのですか？」

「亡くなった妹です」

はっきりとそう答えた彼は、アンジュの手を取って部屋から出た。そして扉を閉め、申し訳なさそうに言う。

「アンジュ殿を迎えたというのに散らかしたままで申し訳ない。なかなか家族の部屋には手を付けられなくて。それにしても、皆、どうしてこんなところに来たのですか？　ここではなく厨房を見学しましょう」

ルイは、自分が『子ども部屋を見よう』と言いだしたことを覚えていないようだ。

アンジュは侍女たちを振り返る。侍女が無言で頷いた。

――ルイ殿下に合わせて、厨房に行けということね。

「はい、見学させてください」

「厨房長に今夜の料理の相談でもしましょうか？」

そう答えたルイは、もうすっかりマルグリットの部屋のことは忘れた顔をしていた。

「私は、ピアダ侯爵家の皆様が亡くなられてから雇われた人間なのです。この城の使用人のほとんどがそうだと思います」

その日の夜、アンジュの髪を梳きながら侍女が言った。

侍女の名前はマイラというらしい。

「戦争から戻られた殿下がここにお住まいになると決まったとき、これまでの使用人たちに多額の退職金を払い、新たな仕事先を紹介して暇を出されたそうです」

「ピアダ家の皆様になにがあったの？」

「殿下が戦争に出ている間、ピアダ侯爵ご一家の乗った馬車が事故に遭ったのです。それで、ご家族は皆亡くなられてしまいました」

「まぁ……」

アンジュは思わず声を漏らす。他人事ながらも、あまりに無残な話だった。

「妃殿下にはお伝えしておくべき話ですよね。殿下がご自分でお話しになるか分かりませんし、それに殿下は、時々ご家族が生きているかのような振る舞いをなさいますので、戸惑われるかと思いますし」

アンジュは頷いた。

「教えてくれてありがとう、マイラ」

「いいえ、差し出がましいことを申し上げました」

アンジュの髪の手入れを終えたマイラが一礼する。

もう一度お礼を言おうとして、アンジュは戸惑った。

クーレングーシュ公爵家の人々は、使用人がなにをしようが礼など口にしていなかった。この城ではどうなのだろう。どう振る舞うことがルイの意に沿うのだろうか。

――分からないけれど、私は私のやり方で振る舞ってみよう。

アンジュは勇気を出し、マイラに微笑みかける。

「それと、髪の手入れもありがとう」

マイラが嬉しそうに微笑む。

「今宵も仲良くお過ごしくださいませ」

善意溢れる応援の言葉に、アンジュの笑顔が引きつった。

マイラは昨夜、ルイが不在だったことを知らないらしい。アンジュとルイがすでに結ばれたと思い込んでいるのだろう。

――初夜、か……。

自殺騒ぎさえ起こさなければ、アンジュは今頃ルイに抱かれていたはずなのだ。

アンジュはこみ上げる不安を呑み込み、自分に言い聞かせる。

――初夜なんて脚を開いていれば終わるはず。

「このまま殿下をお待ちするわ」

そう告げると、マイラは笑顔のまま頭を下げた。

「かしこまりました。ではまた明日の朝、お支度を調えに参ります」

退出するマイラを見送り、アンジュは衣装替えの部屋から寝室へと移った。ルイの私室はとても広い。寝台に腰掛けてぼんやりしていると、足音が聞こえて、寝間着姿のルイが入ってきた。

「戻りました」

普段は整えられているルイの髪は、わずかに乱れていた。風呂を使ったあとなのだろう。

——どこのお風呂に入られたのかしら？

ずっとこの部屋にいたが、ルイは備え付けの湯殿を使いには来なかった。そこまで考えて、かすかに嫌な気分になる。

——まさか、本当に愛人のところ？

だとしたらあまり彼とは関係を持ちたくない。

性処理も子孫繁栄も、愛人との間で済ませてくれないだろうか。母と自分がこれまでに受けた扱いを思いながら、アンジュはルイから目をそらす。

「お帰りなさいませ」

——愛人がいるのかを聞くべき？　それとも知らぬふり？

しばし葛藤したが、アンジュは決心して口を開いた。悶々と悩んでいるよりは、聞いたほうがよいと思ったからだ。

「どこのお風呂をお使いになりましたの？」

「城内の共同浴場ですが」

ルイは不思議そうに首をかしげた。

アンジュも共同浴場の存在は知っている。

クーレングーシュ公爵家でも、アンジュは使用人と一緒に、屋敷の共同浴場を使っていた。侍女に付き添われて湯浴みするなんて、昨夜が初めてだったのだ。

「なぜ共同浴場をお使いになりますの？」

「すぐに風呂を済ませられて楽だからです」

そう言うと、ルイはアンジュの隣に腰を下ろした。見れば首の包帯は取れているが、傷はまだ痛々しかった。

「アンジュ殿、今朝も言いましたが、僕はどうしても子どもが欲しいのです。ですから貴女とはちゃんと夫婦関係を持ちたい」

直接的な物言いに、かすかにアンジュの顔が赤らんだ。だが夫としては当然の要求だ。

アンジュは頬を染めたまま、きっぱりと言い返した。

「私の他に本当に愛おしく思われる女性がいるのなら、そちらのお方とだけ契られてはいかがでしょうか？」

「そんな女性はいません。これから貴女を愛する予定です」

ルイがそう言って微笑む。アンジュはその笑顔の美しさに一瞬目を奪われ、慌てて自分を叱咤した。

「では、あのドレスはどなたのものですか？」

「ドレス……？」

「今日、私に貸してくださったドレスです。なぜ女性がいないはずのお城に、ドレスが用意されているのでしょうか」

「ああ、あれはもちろん、マルグリットのものです」

ある意味、予想よりも悪い答えが返ってきた。

──亡くなられた妹君の……？

固唾を呑むアンジュに、ルイが楽しげな笑顔で言う。

「妹は快く貸してくれました。あのドレスは貴女に似合うと言っていましたよ」

アンジュの二の腕に鳥肌が立つ。

もういない家族を存在しているかのように扱っているルイが気の毒で、どんな顔をしていいのか分からない。

──愛人がいるよりも困ったことになったわ。え、ええと、こういうときは刺激しないほうがいいのよね。マイラたちもそうしているようだったし。

アンジュは気合いを入れて微笑んだ。

「そ、そうでしたの。私はてっきり、このお城には別の女性がいらっしゃるのかと誤解しておりましたわ」

背中に脂汗が滲む。

ルイは笑顔のまま頷き、アンジュに言った。

「誤解です。僕が肌を合わせる相手は、妃の貴女だけですから。今から貴女をアンジュとお呼びしても？」

　アンジュはうなずく。大きな手がアンジュの頬に触れる。

「もちろん僕にも至らぬところがあるでしょうが、よい夫婦になりましょう」

　美しい緑の目が近づいてくる。アンジュは身体を固くしたまま、宝石のような瞳を見つめ返した。

「医者の見立てでは、貴女はすこしやせすぎで健康を損ねているようですが、栄養を摂って愛し合っていれば、いつか子どもは授かるそうです」

　――まずい……。

　ルイの言葉に本能的に拒否反応を覚え、アンジュは身体をこわばらせる。

「ですがルイ殿下、私は妾腹の娘ですし、実家との関係はもはや最悪ですし、我が子によい後見を与えてあげられそうにありません」

「いいえ、気にしないでください。僕の嫡子を産んでくれるのは、アンジュ、妃となった貴女だけなのですから」

「なぜそんなにお子様を望んでおられますの？」

　そうだ。これを聞かねば。ルイが子どもに執着する理由を。

「なぜって……過去の僕は、家族がいて幸せでした。僕があの時間を取り戻したいと思うのは悪いことなのでしょうか？」

そう答えたルイの目には、まるで光がなかった。

——今はご家族がいないことを認識されているみたいね。短い時間でくるくると変わる。ますます汗が滲んでくる。

「どうか子どもを産んでください。僕は、貴女以外との結婚は許可されていないのです。ですから、どうかお願いします」

ルイに強く手を握られ、アンジュは言葉を失う。

たしかに、ルイを憎む正王妃が健在な限りは、ルイはまともな令嬢との結婚を許されないだろう。アンジュ以外とは結婚できない、というのも真実に違いない。

ようやくルイが、この結婚を受諾した理由が分かった。

結婚相手など誰でもいい。

ルイは妻を得て子どもを産ませ、『家族』を取り戻したいだけなのだ。

なんとも奇妙な欲求を突きつけられ、アンジュはますます困惑する。

——どうしよう、困ったわ。

アンジュの戸惑いが頂点に達したとき、ルイの唇がアンジュの頬に触れた。

もうすぐルイに抱かれる。

そう悟ると同時に、恐ろしい想像がこみ上げてくる。

——作ったあとで、やっぱり私も子どもも要らない、なんて言い出さないかしら？

この結婚は、国王一家から厳命された『権力を削ぐための結婚』で、ルイにとって不利益しかないのだ。

いざ子どもを授かったあとに『アンジュが産んだ子どもなど足手まといだ』と思うようになるかもしれない。

ゆっくりと押し倒されながら、アンジュは必死に知恵を絞った。

——考えるのよ、考えて。

アンジュは必死に知恵を絞る。

「あの、い、今子どもが生まれても、私はきっと可愛がれません」

アンジュは勇気を出し、小声で告げた。

ルイの『家族がいて幸せだった』という発言から察するに、彼が描いている家族像は、わが子への愛にあふれた素晴らしい家庭のはずだ。

しかしアンジュを母親に据えても、その妄想は叶わない可能性があると知ってもらう。

そうすれば、ルイが子作りを思い止まってくれるかもしれない。

——この方に逆らうのは怖い。けれど私も流されるわけにはいかないのよ。

脳裏に、ルイがクーレングーシュ公爵家の侍女頭に見せた酷薄さがよぎる。ルイの機嫌を損ねると、どんな目に遭わされるのか分からない。

アンジュは震えながら、そっとルイの顔を見上げた。

表情を凍り付かせている。やはり今のアンジュの言葉は、ルイにとって予想外の言葉だったのだ。

「なぜ我が子を可愛がれないのですか？」

ルイが低い声で尋ねてくる。

「まだルイ殿下を愛していないので、子どもにも愛情を抱ける気がしないのです」

——ただで食事をもらっておいて、ひどい言い様だわ。

アンジュは冷や汗まみれになりながらルイを見上げた。

ルイはひどく冷たい目をしている。アンジュの言葉は、それだけルイの気を悪くさせたのだろう。

「我が子を愛せないなんて、あり得ない話です」

「少なくとも私の父は、私を愛してはおりませんわ」

アンジュは控えめな口調で答えた。

痛いところを突かれたのか、ルイが眉をひそめる。

「それは……公爵とご母堂は結婚していないからでしょう」

「いいえ、結婚は関係ありません。それに正式な結婚で生まれた子どもであっても、愛されない例は必ずあると思います」

——国王陛下だって、ルイ殿下にこんな結婚を強いたじゃないの。すべての親が子を愛するわけではないのよ。

ルイの緑の目を見つめ返しながら、アンジュは唇を噛みしめる。

しばし見つめ合ったのち、ルイは言った。

「分かりました。ですが、貴女と身も心も夫婦になりたいという願いは聞き届けてほしいのです。軽蔑されるかもしれませんが、僕にも人並みに性欲はありますから」

——それは無理もない話だわ。ルイ殿下はお若い男性だもの。

ルイに押し倒されたままアンジュは小声で答えた。

「軽蔑などいたしません。避妊薬を飲んでいいのならお付き合いいたします。夫婦らしいことをしなければ、愛が生まれるかどうかも分かりませんし」

こちらも妥協の姿勢は見せねばならない。

じっと答えを待つアンジュにルイは言った。

「……そうですね。僕たちは元々他人同士ですから、夫婦になれるよう努力していかねばならないのですよね」

予想外にまともな答えを返され、アンジュは目を丸くする。

どうやらルイの精神には正気のときとそうでないときの波があるらしい。できれば正気のときに会話したいものだと思いながら、アンジュは頷いた。

「避妊薬のことは承知しました。それなら貴女を抱いてもいいですか？　優しくしますから」

「はい」

どうせ昨夜で死ぬつもりだったのだ。夫に身体を開かれるくらいなんでもない。

閨の作法は教わっていないが、何をするのかくらいは知っている。

クーレングーシュ公爵家の裏庭は、使用人たちの逢い引きの場だった。

脳裏に男の下で股を広げ、身体を揺すられている下働きの女の姿が浮かんだ。のし掛かる男はアンジュの異父兄だ。

父も異父兄も、女にはとてもだらしなかった。

その点では、妻としか関係を持とうとしていないルイはまだましだ。父や兄よりもはるかに清潔に思える。

――大丈夫、すぐに終わるわ……。

冷めた気持ちでアンジュはルイに身を委ねた。

ルイの大きな手が、寝間着の帯を解く。

前開きのガウンの下は薄い絹の肌着一枚だ。

脱ぎやすい寝間着を着せられたのは、夜伽に集中するためなのだろう。

肌の上をガウンが滑り落ちていく。

アンジュは自ら袖から腕を引き抜き、ガウンを脱ぎ捨てた。透けた下着一枚になり、思わず乳房を隠すと、その手はルイによって取り払われた。

「隠さずに見せてください」

ルイはゆっくりと顔を近づけて、下着の上から乳房に口づけた。

きゅ……と下腹が窄(すぼ)まる感覚を覚える。

だんだんと脈拍が速くなっていくのが分かった。

「下も脱がせていいですね」

アンジュの下穿きは、腰の上で紐を結んだ形のものだ。

ルイは紐に手を掛け、そっと下穿きの結びを解く。

頼りない布が身体から剝がれて、秘部が露わになった。

下穿きを抜き取ると、ルイは身体を起こしてアンジュの淡い色の下生えを撫でた。恥ずかしさに耐えられずに脚を閉じようとしたとき、ルイが言った。

「アンジュの身体を全部見たい。これも脱いでもらえますか」

そう促され、アンジュは赤い顔で起き上がり、薄い絹の肌着を脱ぎ捨てる。

勢いよく脱いだので、豊かな乳房が上下に揺れた。興味を覚えたようにルイが白い双丘に手を伸ばしてくる。

「すばらしい形ですね」

ルイの手がきゅっと乳嘴を摘まむ。

軽い痛みを感じ、アンジュは思わず身体を揺らした。

――なに……この感じは……。

むき出しにされた秘部がかすかに疼いた。ルイは真面目な顔でアンジュの乳嘴を弄び続けている。

触れられている部分が次第にじんじんと熱くなってきた。

「あ……っ……」

乳嘴が硬く強ばったのが分かった。

ルイの手はそこを責めるのをやめない。アンジュはルイの胸を押して、愛撫をやめさせようとあらがった。

長い指に挟まれた乳房の先端が、くにくにと形を変える。

そこをしごかれるたびに、アンジュの息は熱くなっていった。脚の間がかすかに湿り始める。アンジュは己の変化を受け止めかねて、小声で拒んだ。

「胸は……もういいです……」

ただ乳房を弄られているだけなのに、どうして淫らな気持ちになっていくのか。

「どうして？」

「あ、あの……私……」

今感じている異様な感覚をどう説明すればいいのだろう。ルイの手が乳房から離れて、代わりに唇が近づいてきた。

「きゃっ」

引き締まった男らしい唇が、アンジュの乳嘴に吸い付く。

あまりの恥ずかしさにドクドクと心臓が高鳴る。

「お、およしください、そんな場所に口づけなさるなんて」

ルイの分厚い身体を押すが、彼は動かない。胸の先端に鋭い痛みを覚えて、アンジュは身をよじった。

「あん……っ」

ますます息が熱を帯びる。その部分を吸っていたルイの舌先が、アンジュの硬くなった乳嘴をざらりと舐めあげた。

「あ……あ……っ」

舌先で責められるたびに、腰の奥にむず痒い感覚が走る。

アンジュは身体を揺らした。

——嫌。変な声が出る。

むず痒さが高まり、アンジュはぎゅっと目をつぶる。

ルイの舌は執拗（しつよう）にアンジュの小さな突起を弄んだ。右の乳嘴をひたすら舌でこね回されながら、左を指先でしごかれ、刺激を与えられる。

「胸は……おやめください……っ……」

アンジュはルイの身体の下で身体をくねらせた。

ますます息が熱くなり、アンジュの薄い下腹部が波打つ。

そのとき、ルイの指が左の乳嘴から離れ、アンジュの脚の間に伸びてきた。

「いや……！」

不浄な場所をまさぐられ、アンジュは思わず声を上げる。

和毛の奥に隠れた裂け目にルイの指先が触れた。同時に胸の突起を舌で転がされ、アンジュはシーツをぎゅっと握りしめる。

「あ、っ、あう……っ……」

こんなに恥ずかしい場所ばかりを触らなくてもいいのに。

アンジュは裏庭で垣間見た男女の睦み合いを思い出しながらルイに言った。

「もう、入れてください」

「まだです」

乳房から唇を離し、ルイが首を横に振った。

長い指が秘所に忍び込んでくる。柔らかい肉を掻き分け、濡れた粘膜を押し開くようにしてずぶずぶと奥に忍び込んできた。

「あっ、いやぁっ！」

思わず腰を引こうとしたが、ルイにのしかかられていて逃げられない。アンジュは思わず彼の背中にしがみつく。

「嫌、嫌です……っ！」

「ですが指で馴らさないと、少し痛いかもしれませんよ」

肉襞を暴いていく指が、アンジュの中をぐるりとかき回した。

「ひ……っ……」

感じたことのない強い刺激に、アンジュは思わず目をつぶる。

ルイは、顔を背けたアンジュの頬に手を添え、自分のほうを向かせながら言った。

「これから誰に抱かれるのか、ちゃんと見てください」

「嫌……あぁっ！」

アンジュの中を弄ぶ指が二本に増えた。

中でその指を開かれ、ぐちゅりという淫音が響く。アンジュは腰を浮かして、なんとかルイの指から逃れようとした。

だが彼の指は執拗に、アンジュの狭い場所をまさぐり続ける。

「夫婦になるのですから僕を見てください。そして、できれば僕を愛してほしいのです」

「あ、で、でも私……んぁ……っ……」

ぐちゅぐちゅという音が聞こえ、ますます刺激が強くなる。閉じた粘膜が引き剝がされ、下腹部にえもいわれぬ疼きが走った。

「あ、あ……嫌、指……んっ……」

「アンジュの中は、柔らかくて熱くて、素晴らしい」

ルイが耳元で囁きかけてくる。

その間にも指はぬるぬると内壁をこすり、アンジュの身体を火照(ほて)らせた。

「は……はぁ……っ……」

脚の間からぬるい蜜が滴ったのが分かった。

——いや……こんなふうに反応したくないのに……っ……!

あまりの羞恥に目がくらむ。だがルイの手は止まらない。

「ルイ殿下、お手が汚れますから、どうか……んぁ!」

「濡れていいんです。男を受け入れる準備ができているということですから」

「でも、あ……っ……」

二本の指が、アンジュの中で再度大きく開かれた。

「あああっ!」

アンジュは思わず足でシーツを蹴(け)り、身体をねじる。甘い快感が身体の奥を走り抜けたのが分かった。

「僕も我慢できなくなってきた」

言葉と同時に指が抜ける。

ルイは身体を起こすとアンジュの脚に手を掛け、大きく開かせた。秘裂がルイの視線に晒されてぎゅっと窄まる。

「嫌なことはなるべくしませんから」

そう言うと、ルイは着ていたガウンを脱ぎ捨てた。

見事に引き締まった上半身が露わになる。クーレングーシュ公爵家の屋敷に飾られていた裸身像のようだ。

――戦争で活躍なさったと聞いたけど……傷が……。

アンジュの目に、ルイの身体に刻まれたいくつもの古い傷が映る。だが肌は滑らかで美しく、傷があるからといって醜く見えることはなかった。

「痛かったら言ってくださいね」

ルイはそう言うと、ズボンを脱ぎ捨てた。

アンジュの視線が、下半身で立ち上がる肉杭に吸い寄せられる。思わず身を引きそうになった。

――こんなに大きいなんて聞いていない。

おもわず生唾を呑み込むと、ルイは開かれた脚の中央に、その杭をあててがってきた。

「そんなの、入るか分かりません……っ」

　正直に言うと、狭い蜜孔に肉杭の先端が入り込んでくる。濡れそぼつアンジュの場所は、ルイの杭のくびれまでを、なんとかつるりと呑み込んだ。

「挿れるから、摑まって」

　アンジュは言われるがままに、ルイの腕に縋った。

　身体が近づき、ルイのまとった香水の匂いが漂ってくる。脚の間がめりめりと音を立てんばかりに強引に押し開かれていく。

「い、いや……無理……っ……！」

「大丈夫です」

「んぁ……」

　入ってくる雄杭を呑み込み、アンジュの隘路がきしむ。

「あう、う……っ」

　なんという硬さだろう。人間の身体の一部とは到底思えない。

「もう少し我慢してください」

　ルイがそう言うのと同時に、大きく開かれた秘部にルイの下生えが触れた。

「痛……い」

　喘ぎながらアンジュは訴える。

「これで全部入りました」

「は、はい」

深々と太い杭に貫かれ、アンジュの身体があやしく震えた。

――痛い、痛いのに……。

押し広げられた隘路は、さっきからずっと疼き続けている。

「あ、いや……動かないでくださ……あ、んっ」

「たまらない。貴女に食いちぎられそうです」

ルイが前後するたびに、アンジュの唇からは淫らな声が漏れた。

「食いちぎるなんて、そんな……っ、あ、あぁ」

「分かりませんか？　僕をこんなにも締め付けていながら」

くちょくちょと音を立てて杭が前後した。

アンジュの腰は、そのたびにいやらしく揺れる。自分では動かしている気などないのに、勝手に動いてしまう。

「あ……あっ、ルイ殿下……んん……っ……」

これ以上何も感じたくない。アンジュは目をつぶり、刻み込まれる快楽をやり過ごそうとした。だが繋がり合った場所が燃えるように熱く、息が弾んで、身体の反応を止められなかった。

「あぁ！」

ぐい、と奥を押し上げられて、アンジュは弱々しく背をそらした。

「貴女はなんて柔らかく、美しい人なのでしょう」

「そんな……そんなことは……んく……」

「美しいです、自覚がないのなら参ってしまいますよ」

ルイの唇がアンジュのこめかみに触れる。

何度も口づけされて、アンジュの隘路がぎゅっと締まった。

先ほどまでしびれて痛かったはずなのに、今は違う。

アンジュの中は快楽に溶け始めていて、咥え込んでいるルイの形まではっきりと分かる。

「あ、あ……いや……あ……」

自分の身体を強引に穿ち、支配している肉杭の存在に負けそうだと思った。アンジュの中がますます強く収縮する。

「ここが、貴女の一番奥です、アンジュ」

ぐりぐりと恥骨をこすられ、アンジュの口の端からはしたなくも涎がこぼれる。

ルイの呼吸もいつしか乱れていた。

「痛いですか？　それとも少しはいい？」

「わ、私……んっ……」

恥ずかしくて答えられなかった。

気持ちよくてどんどん濡れてくるなんて、口が裂けても言えない。

「お許し……ください……」

アンジュはなんとか、言い訳の言葉を絞り出す。

「僕だけが気持ちよくなっているのでなければいいのですが」

音を立てるほどに激しく、ルイの身体がぶつかってくる。

がつがつと奥を突き上げられて、アンジュの身体が揺れた。

「んぁ……っ、あぁぁっ！」

たまらずに、アンジュはルイの引き締まった腰を、やせた両脚で挟み込んだ。

「駄目だ、止まらない。貴女の中に出したい」

アンジュの両手首を押さえつけながら、ルイが繰り返し、強く身体を突き上げる。

激しく揺さぶられながら、アンジュはいやいやと頭を振った。

――だめ……おかしくなりそう……。

アンジュは不器用に腰を揺する。

「いつか僕を愛してくださいね」

「あ……っ」

ルイを咥え込んだ場所が勢いよく窄まる。

肉杭がアンジュの中でどくどくと脈打った。すぐ側でルイの荒い息づかいが聞こえ、お腹の中にどっと熱い奔流が走る。

びくっ、びくっと肉杭を震わせながら、ルイが欲熱を吐き尽くした。

——終わった……。

アンジュはいつの間にか流れていた涙を拭う。

快楽で涙が噴き出すとは思っていなかった。

湯気を立てんばかりに火照った肉杭が、アンジュの中から抜かれた。

「苦しかったですか？」

ルイが遠慮がちに尋ねてくる。アンジュは首を横に振って少しルイから離れた。

「申し訳ありません、ルイ殿下。取り乱してしまいました」

脚の間からは、放たれた白濁がじわじわと滲み出してくる。

ルイは起き上がって寝間着をまとい直すと、アンジュに言った。

「本当はこのまま身籠もってほしいのですが、貴女の気持ちを優先しましょう。避妊薬を取ってきます。もしも僕を愛せるようになったら呑むのをやめてください」

そう言い置いて、ルイは部屋を出て行く。

アンジュは全裸のまま、ぐったりと目を閉じた。

——私はこれからどうなるんだろう。

うとうとしながらアンジュは考える。

この結婚は正王妃の命による『嫌がらせ』だ。

ルイの意思だけでは離婚はできない。

いつか正気に返ったとき、ルイはアンジュをどのように扱うのだろうか。

――お母様と二人、平穏に暮らせる場所があればいいのに。

そう思いながら、アンジュは目を閉じた。

『ネエ、オ兄様』

避妊薬の瓶を手に歩いていたルイは、全身を強ばらせた。鉄筆で塗りつぶした影のようなものが、奇妙な声で話しかけてくる。

『ネエ、オ兄様』

「マルグリットですか、驚かせないでください」

微笑みかけると、ぐしゃぐしゃの影が返事をする。

『ネエ、オ兄様』

「もう夜遅いのですよ、早くおやすみなさい」

『ネエ、オ兄様』

丸めた針金のような、形の崩れた腕を影が伸ばしてくる。

『ネエ、オ兄様』

「また新しいドレスが欲しいのですか？」

ぐしゃぐしゃの影は伸び縮みしながら返事にならない返事をする。

『オ、オ、オ、オ、オオ兄様』

「分かりました。明日お針子を呼びましょう、分かったら部屋に戻りなさい」

『ネエ、オ兄様』

「ええ、おやすみなさい、マルグリット」

ルイはぐしゃぐしゃの影に背を向ける。そのとき影が叫んだ。

『オオオオオオオオ兄様！』

その叫びと同時に、はっとルイの目の焦点が合う。振り返ったルイの目に、金泥で花を描いた壁紙が映った。

――誰かに呼び止められたような気がしたが。

ルイはいまいちすっきりしない気分で再び歩き出す。階段を上り、自室の扉を番兵たちに開けさせた。そして広い居間を横切り、寝室へと入って行く。

アンジュはもう眠っていた。

ルイは彼女が裸のままであることに気付いて、毛布をしっかりとかけ直す。

「おやすみなさい」

小声でそう語りかけたが、アンジュからの返事はなかった。

ルイは、アンジュが白い腕に赤ん坊を抱いている姿を想像してみる。

それだけで、心の中に蕩けるような甘い感情が広がった。

子どもさえ授かれば、もうなにも苦しまなくていい。懊悩も苦痛も愛しい我が子がすべて溶かしてくれる。

『お兄様！』

『兄上！』

自分に抱きついてくる愛おしい細い腕たちを思い出し、ルイは微笑んだ。

――アンジュ、いつか必ず僕を愛してくださいね。

神の前で永遠の愛を誓ったのはアンジュだけ。ルイの正しい家族になれるのはアンジュと、アンジュが産む子どもだけなのだ。

やっと、やっと認められた結婚だった。

どの令嬢との縁談も『ルイが妻を娶れば、王太子の立場を不利にしかねない』という正妃の言葉で却下され続けた。

『庶民の女性でも、離婚経験者でもいい』

どんなに頼んでもルイの結婚はずっと認められなかった。

やっと許されたのが、クーレングーシュ公爵家の妾腹の娘との結婚だ。

ルイの妃は、公爵夫妻に軽んじられ、いたぶられ、命まで利用されようとしている哀れな娘だった。

これでようやく新しい家族が作れる。

自分にとってどれだけ不利で、相手にとってはどんなに望まぬ結婚であったとしても、ルイは絶対にこの結婚を諦める気はない。

「早く僕を愛してください、早く」

そう言いながら、ルイは綺麗に揃った爪の先をガリ、と噛んだ。

——いけない、いけないいんだ、女性を子どもを産む道具として扱うなんて。

ルイの中に植え付けられた道徳が、悲鳴を上げて愚かな願いを叱咤する。

こんな風に生きるのをやめたい。

自分の中から、そんな叫びが聞こえた気がした。

第二章　王子妃、覚醒せざるを得ない

――身体も頭も軽いわ……。

ルイの寝室で目覚めたとき、アンジュが真っ先に思ったことはそれだった。

夕飯に肉を食べたからなのか、寒くない場所で熟睡できたからなのか、それとも男と交わったからなのか。

異様に全身がすっきりしている。こんなに元気なのはどれくらいぶりだろう。

――ルイ殿下はもうお目覚めなのね。

寝台の傍らにはまだルイの温もりが残っていた。見れば枕元の机に手紙と薬瓶が置かれている。

流れるように美しい字で『毎日一匙(ひとさじ)呑んでください』と書かれていた。避妊薬らしい。

――約束通り用意してくださったみたい。

アンジュは迷いなく一匙呑むと、起き上がった。

いつものように自分で身支度をしようとして、寝室内に寝台以外のものがないことに気付く。

――そうか、ここはルイ殿下のお城だった。

置いてあった寝間着をまとい直し、呼び鈴を鳴らすとすぐにマイラが現れる。

「おはようございます、妃殿下」

――妃殿下……。

昨日はなにも考えられなかったが、頭が冴えている今日は敬称に違和感を覚えた。

何に違和感を覚えたのだろうと考え、すぐにその原因に思い至る。

――そうか。王子妃殿下にしては付き従う侍女が少なすぎるんだわ。

クーレングーシュ公爵夫人ですら、侍女は常に五、六人付き従っていた。それよりも序列の高い王子妃に、なぜ一人しか侍女が付かないのだろう。

――侍女を増やしてほしい訳ではないけれど、理由を知りたいわ。

一応ルイの妃になったのだから、屋敷内のことにはアンジュも目を配る必要がある。

なにが起きているのか確かめようと思いながら、アンジュはそれとなくマイラに尋ねた。

「私の侍女はマイラだけなの？」

「はい。湯浴みのとき以外は私一人で参ります。襲撃のときに戦えない人間が多いと、私の負担が増えてしまうので！」

――マイラは何を言っているの？

アンジュは必死にマイラの言葉を解釈した。『足手まといが多いと邪魔』と言われたような気がしたのは、気のせいだろうか。

「侍女といっても全員が戦えるわけではありませんからね。私一人の力では、妃殿下一人をお守りするのがやっとですから」

「そうなの……」

この城は戦争でもしているのだろうか。そういえばルイが『まれに襲撃される』と言っていたような気がする。

――とんでもないところに嫁いできたわ。

「妃殿下、殿下から城内の人員配置についてお話を聞いておられませんか？」

マイラがアンジュの様子に気付いたのか、慌てたように尋ねてくる。アンジュは笑みを浮かべると、首を横に振った。

「襲撃があった際の話でしょ？」

「はい、そうです。私は妃殿下の侍女、兼、護衛なんです」

マイラはハキハキと肯定した。

アンジュは遠い目になりながら頷く。

「大変なのね。ルイ殿下には敵が多いの？」

「いいえ、正王妃様がルイ殿下を狙って、しつこく刺客を送ってくるのがいけないんです。

妃殿下からも殿下におっしゃっていただけませんか？　ご親戚や貴族の皆様との旧交を温めて、ご自分の立場を強くなさってほしいって」

また予想外の言葉が聞こえた。突っ込みどころは山ほどあるが、まずは一つ問う。

「ルイ殿下は、社交を一切なさっていないの？」

「ええ、なさっておられません」

「それは、どうして？」

「世捨て人になってしまわれたからです。去年命がけの戦争から戻られたら、すでにご家族は亡くなられたあとで、埋葬も済まされていて……そのときから城にこもってしまわれるようになったそうなんです」

――そうなんだ。そんな状況だったんだ。

アンジュは知ったかぶりをして頷く。

想像していたより悲惨な身の上だった。

ルイが戦争から戻ったのは、ちょうど一年前だ。

彼が派遣されたデフェスタンとの戦場は、新聞によれば大激戦区だったと聞く。ルイはその戦場の『大将首』としてつねに命の危険に晒されていたのだ。

そんな戦争で勝利して帰ってきても、最愛の家族は全員この世にいない。

――気がおかしくもなるわね。

無言で納得する。マイラの話はまだ続いた。

「先王陛下や母方のご祖父母はご健在で、ルイ殿下を案じておられますが、殿下は一切連絡を取ろうとなさいません。それに以前は親友だったロンバルデ公爵家のご子息とも関わりを絶ってしまわれて……皆様、結婚式にはいらしてくださったのですが、お礼状もお書きになる様子もないようです」

マイラの言葉に、アンジュは目を回しそうになった。

――ちょっと……どの貴族も大貴族よ！　繋がっておかなきゃ駄目じゃないの！　そんな世捨て人になったから、簡単に命を狙われるのではなくて？

「そうなのね、ありがとう。危うく皆様にお礼状を出さないところだったわ」

いくら王子とはいえ、無礼すぎだ。想像するだけで冷や汗が出てくる。

「いいえ、妃殿下のお耳に届けられてようございました！　城の皆は妃殿下に期待しております！　きっとルイ殿下がやめてしまわれた様々なことを復活させてくださると」

やめてしまった様々なこととはなんだろう。

アンジュは恐る恐る尋ねた。

「あの……ルイ殿下は四季の園遊会は開いておられないの？　ご自身の誕生祝いは？　他の貴族の冠婚葬祭に顔を出したりは？」

「一切なさっておられません」

アンジュは内心で青ざめた。すべて貴族には重要な催しなのに、それらをすべて行っていないとは、大変な引きこもりではないか。

「だからルイ殿下の話題は、新聞や娯楽誌にも一切取り上げられないのね」

「はい。戦争から戻られたあとは、まったく社交をなさらないので……」

アンジュの髪を結い、ドレスを着付けながらマイラが言う。

自分で『一人で足りる』と言うだけあって、作業が綺麗で手早い。さすがだ。

――とにかく今のまま、ルイ殿下の引きこもりを許し続けては駄目ね。味方を増やせば正王妃様も手を出しにくくなるはずだもの。頑張ろう。


「アンジュはよく召し上がりますね」

その日の朝食の席で、ルイに遠回しに『食べ過ぎだ』と言われながらも、アンジュはパンと具だくさんのスープと卵料理と果物を完食した。食べれば食べるほど頭が冴える。薄い麦粥一杯で夜中までこき使われていた頃を思うと夢のようだ。

「はい、ルイ殿下の妃となったからには、心してお尽くししたいので。それにはまず体力が必要だと思いましたの」

「僕に尽くす必要はありません。子どもが生まれればそれで充分です」

ルイが静かな声で言う。

昨日までのアンジュなら黙って引き下がっていただろう。

だが肉や卵を大量に食べた今は違う。力がみなぎっている。これが本来の自分だったのかと驚きながら、アンジュはルイに答えた。

「私はいやですわ。こんな寂しいお城で子育てしたくありません」

「えっ？」

意外なことを言われたかのように、ルイが目を見開く。

──この人、すぐには怒らないようだから、まずは自分の意見を伝えてみよう。

アンジュはナプキンで口元を拭うと、ルイににっこりと微笑みかけた。

「お客様がたくさん出入りする賑やかな家で育てたいです。だってたくさんの人に可愛がってほしいですもの。たとえばお祖父様お祖母様、ルイ殿下のお友達やご親戚とか」

ルイが首を振る。

「残念ながら全員、交流を絶ってしまいました」

「大丈夫、こちらから謝れば許してくださいますわ」

「でも……皆、両親や弟妹の姿を見たら驚くと思うんです……」

また危なっかしい話が始まった。

アンジュは無言になり、そっと様子を窺う。

「ぐしゃぐしゃの影そっくりなので」

何を言っているのかまったく理解できなかった。だがする必要はない。話を合わせればいいのだ。

「ご家族は、今はどこにいらっしゃるのですか？」

笑みを絶やさずに尋ねると、ルイは茫洋とした表情で答えた。

「二階……」

「じゃあ私にもご紹介くださいな」

「駄目です。貴女も、僕の家族の姿を見たら驚くと思います」

「驚きません、大事な家族ですもの」

いったいルイは何を家族だと言い張っているのだろう。じっと見つめていると、ルイは立ち上がり、アンジュに手を差し出した。

「分かりました。では母のところにお連れします。行きましょう」

アンジュは立ち上がり、ルイについて歩き出した。

「母は多分、自分の部屋で薔薇を見ていると思うのです」

アンジュは微笑んで頷いた。

――幽霊でもいるのかしら。それともルイ様の幻覚？

アンジュは幽霊を怖いと思ったことはない。

出ても実害はないからだ。

――亡霊らしきものも何度か見たことはあるけれど、私を殴る蹴るしてわめき散らす公爵夫人のほうが、千倍怖かったわよ。

マルグリットの部屋があった廊下をさらに奥へ歩くと、両開きの美しい扉が見えた。番兵はいない。ルイはその扉を叩くと、優しい声で言った。

「母上、僕の妃をお連れしました」

なんの返事も聞こえなかったが、ルイは扉を開けると、部屋に入っていった。

その部屋はカーテンが閉ざされ、枯れてぼろぼろになった薔薇が花瓶に放置されている。

――花は取り替えないのかしら？　もう花弁の色も残ってないのに。

そう思ったとき、ルイが枯れた薔薇に向かって話しかけた。

「紹介が遅くなりました。彼女が僕の妃の、アンジュ・ド・コンスタンです」

枯れた薔薇と何を会話すればいいのだろう。そう思ったが、ルイに合わせることにした。

「初めまして、お義母様、アンジュです」

アンジュはドレスの裾を引いて深々と頭を下げると、枯れた薔薇に微笑みかける。

「母はそこにはいませんが」

――まずい！

「ごめんなさい、よく見えませんでした」

冷や汗をかきながら率直に謝ると、ルイは頷いてアンジュの肩を抱き、身体の向きをわずかに変えさせた。

どうやらこの方向に侯爵夫人がいる……らしい。

「気になさらないでください、たまにあることです」

――いや、ないわよ。それでもおかしいと思わないのはご病気だからなのね。

ひたすらニコニコと笑っていると、ルイが言った。

「母が、そのドレスはマルグリットのものかと言っています」

――どうなのかしら？　着付けられるままに着てきたわ。

アンジュは考え込む前に、それっぽく答えた。

「はい、お借りしたものです。私のほうで新しいドレスが用意できなくて申し訳ありません、お義母様」

ルイは頷き、枯れた薔薇に向かって話しかける。

「そうですね、そうします」

――なにをするの？

ルイはアンジュを振り返って、優しい声で言った。

「母上のおっしゃるとおりです、僕が気が利きませんでした。貴女にドレスを作りましょう」

何か会話が交わされたらしい。

アンジュはついでに、『母上』に頼み事をしてみることにした。

「お義母様、この家にお客様を呼んでもいいですか？　ルイ殿下はこの国の英雄で、偉大な陛下の血を引く第二王子でいらっしゃいます。本来ならたくさんの賛美者に囲まれるべきお立場だと思うのです」

「いいえ、家族が嫌がるのでこの家に人は呼びません」

「お義母様は透明ですから、悪く言う人もいませんわ」

「なにを言うんです、母が誰にも見えないなんて」

ルイがむっとしたように眉根を寄せる。

まずい。失敗した。そう思いながらもアンジュは平然と答える。

「見えないなんて言っていません。透明に見えると言っています」

我ながら苦しい答えだ。

「母は透明ではありませんよ」

「どう見えるかは人によるのですわ。私の髪も、茶色と表現する人もいますし、灰色に近いと言う人もいます。私の目にはお義母様が限りなく透明に見えるだけですの」

「なるほど」

ルイが頷く。なぜこの答えで納得してくれたのか分からないが、すっとぼけて押し切る

しかない。

――危なかった。『家族が見えない』って言っては駄目なのね。

そう思いながら、アンジュは明るい声で言った。

「お義母様もルイ殿下が心配ですわよね。お友達さえもお呼びにならず、ずっとお一人で過ごされているなんて」

「母も家族も、誰にも会いたくないそうです」

「まあ……ルイ様を一人ぼっちにしておきたいなんて、お義母様がおっしゃるはずがないわ」

大袈裟に悲しそうにしてみせると、たちまちルイが困った顔になった。

脳内の『素晴らしい人格を持つ母』と、現実の『都合が悪いので城に人を呼びたくない』という思い』がせめぎ合っているに違いない。

ルイはしばらくして、アンジュに言った。

「母は来客には会えないそうです。馬車の事故でこんな姿になってしまったので」

どうやら折り合いが付いたらしい。

アンジュは笑みを浮かべて頷いた。

「ちっともおかしくはありませんけれど、お気になさる気持ちも分かりますわ」

「今は、塗りつぶした影のようですからね」

――ルイ殿下にはなにが見えているの？

疑問が溢れてきたが、それは解決しなくてもいい問題なのだ。

このくらい、クーレングーシュ公爵家で食事ももらえずにこき使われ、殴られていた頃に比べればなんてことはない。

アンジュは笑顔で話を合わせた。

「大丈夫ですわ、お義母様はとてもお綺麗です」

そうお愛想を言うと、ルイは嬉しそうに微笑んだ。

「ありがとう、アンジュ、自慢の母なのですよ」

アンジュは笑顔を貼り付かせたまま頷いた。

とにかく、長年痛めつけられた自分の身体と、孤立してしまったルイの立場を回復させるのが最優先だ。

頻繁に正王妃の刺客が襲ってくるなんて冗談ではない。


――まずは結婚式の来賓の皆様に、結婚式に来てくださったお礼と、これからもよろしくという手紙を書かなくては。ルイ殿下、誰にもお礼状を書かないつもりだったなんて。

その日の午後、アンジュは、自分たちの結婚式の出席簿を見直しながら、ひたすら筆を走らせていた。机はルイのものを借りている。

作業の合間に、ルイ宛てに送られてきた過去の手紙も確認せねばならない。

これまでの交流にまったく触れずに、お礼状を書くわけにもいかないからだ。

ひたすら作業を進めながら、アンジュはため息をついた。

——私、結婚式の記憶がほとんどない。誰のことも覚えていないわ。

その理由は、前の日から食事を抜かれて空腹で、喉が渇いて、フラフラだったからだ。

しかも母を人質に取られていて、自分が命を絶たねば救えない、ということで頭がいっぱいだった。

だが今は違う。満腹になったおかげで活力がみなぎってきて、目の前のことに集中できる。やはり人間は食べて寝て、心配事を抱えずにいないと駄目だ。

封蝋用の道具をアンジュの傍らに置き、マイラが微笑む。

「妃殿下はたくさん召し上がるので、作り甲斐があると料理長が申しておりましたわ」

「そう？　よかったわ。食べた分は働かなければね」

「そんな！　下々の私たちのようなことをおっしゃらないでくださいませ。今、お茶とお茶菓子をお持ちしますわ」

そのとき、不意に『カンカンカン』と鋭い鐘の音が鳴った。

マイラが扉に駆けつけ、太い閂(かんぬき)を下ろす。そして侍女服の裾をまくり上げ、太腿に帯びていた大ぶりの短剣を手にした。

「な、なに、どうしたの？」

「敵襲です」

油断なく短剣を構えたまま、マイラが言う。

「刺客がここまで上がってくることはないと思いますが」

アンジュは身体を固くしたまま頷いた。

「ねえマイラ、城の皆は大丈夫？」

「はい。全員が戦いには慣れておりますから」

この城には人殺ししかいない。そう告げたルイの言葉を思い出し、アンジュは唇を嚙む。

——そういう意味なのね。なんて物騒なお城……。

改めて、とんでもないところに嫁いできてしまったと思う。だがアンジュには選ぶ余地などなかったし、今いる環境で自分をどうにかするしかないのだ。

「どこかに避難したほうがいい？」

「いいえ、ルイ殿下がここに至る通路を守っておいでのはずです。そこを抜けられる刺客はおそらくいないかと」

「お一人で大丈夫なの？」

「はい、殿下はお強いので……」

アンジュはその言葉に頷いた。自分にできることは『邪魔しないこと』だけだと分かったからだ。

「じゃあ私は、手紙の続きを書いているわ」

マイラが一瞬目を丸くし、短剣を構えたまま笑みを浮かべた。

「気を強く保ってくださって、助かります、妃殿下」

「役に立てなくてごめんなさい。私は剣の握り方さえ知らないから」

そう答えて、アンジュは再び大量の手紙に向き直った。階下や窓の向こうから、時折悲鳴が聞こえてくる。

だが、ここにこもっていれば安全だと言うマイラの言葉を信じよう。

アンジュは時折手を止めながらも、ひたすらに手紙を書き続けた。

「殺せ！　全員殺せ！」

「一人くらいは残して尋問するぞ」

「もうやっちまった！」

物騒な言葉が聞こえてくる。だがアンジュにはなにもできない。

「ねえマイラ……貴女って何者なの？　そんな風に武器を扱えるなんて」

マイラは扉から目を離さず、武器を構えたまま明るい声で答えてくれた。

「まあ！　お聞きになっていませんか？　私、昔は暗殺……いえ、危険物の取り扱いを生業にして生きていたんですの。今は平凡な侍女ですけれど」

不穏な単語が聞こえたが、アンジュは深く尋ねないことにした。

――作業に集中するのよ。

自分にそう言い聞かせたとき、閂で閉じたルイの私室の扉が叩かれた。

「誰！」

マイラが短剣を構えたまま誰何の声を上げる。

「僕です、ルイです。アンジュは無事ですか？」

マイラは耳を澄ましながら、厳しい声でルイに問いかけた。

「奥様にお花をお届けでしょうか？」

「いいえ、僕が好きな本を」

――今のは、なにかの合言葉？

アンジュが目を丸くすると同時に、マイラが扉を開け放つ。そこにいたのはルイと、数人の侍従たちだった。

「よくここを守ってくれました」

ルイはマイラをねぎらうと、足早にアンジュに歩み寄ってきた。

「驚かせてすみません……アンジュ、なにをしていらしたのですか？」

「結婚式のお礼状を書いていました。それより殿下、今の合言葉はなんですか？」

「僕が敵に脅されてやってきたのではない、という合図です。うかつに門を外さないよう、使用人たちには言ってあります」

どこまで用心深く、襲撃に慣れているのだろう。

アンジュは内心でため息をつき、ルイに頭を下げた。

「申し訳ありません。私はこのようなときに、なんのお役にも立てそうにありません」

「だからお礼状を書いていたのですか？」

「はい」

「たいした度胸だ」

微笑むルイに、アンジュは首を横に振る。

「私の場合、今も生きていることが奇跡で、おまけのようなものですから」

ルイは笑顔のまま、アンジュが書いていた手紙の一枚を手に取った。

「なるほど……久しぶりですね、家族以外の誰かに手紙を送るなんて」

アンジュは様子を窺う。

『やっぱり手紙なんて出すな』と言われたらなんと抗おうか、と思っていると、ルイは慣れた手つきで手紙の最後に署名を入れ始めた。

「お礼状には、僕の署名もあったほうがいいでしょう？」

「え……ええ……」

協力してくれるらしい。驚きながらもアンジュは頷く。

ルイは結婚式の出席簿を見ながら、嬉しそうな声を上げた。

「ああ、懐かしい。ロンバルデ家からはジュニトが来てくれたのか」

ジュニト・ド・ロンバルデは、ロンバルデ公爵家の嫡子で、コンスタン王国でも有力な貴族の一人である。

正王妃に睨まれることも気にせずに、堂々とルイの結婚式に顔を出してくれた男だ。できれば味方に引き込みたい。

「ジュニト様は半年前にご結婚されたそうですわ。ですがルイ様はなんのお祝いもなさっていなかったようなので、お詫びの品を届けてもよろしいでしょうか？」

ルイは少し考え込むと、素直に頷いた。

「はい。結婚式に行けなくて申し訳ないと、僕からも書き添えます」

「ありがとうございます、さっそく手配いたします。それから先王陛下が毎月のように、顔を出せ、顔を見せろとお手紙をくださっています。一度ご連絡しませんこと？」

どうやら祖父の先王にとっては、ルイは可愛い孫らしい。

王宮における先王の発言力は未だに強い。先王は、絶対にルイの味方に付けておいたほうがよい人物である。

「お祖父様ですか？　そういえばずっとお会いしていませんね」

「はい。ご挨拶が遅れると心苦しいですもの」

「そう言われてみれば、そうですね。すぐに約束を取り付けます」

ルイは余った便せんを手に取ると、素早くペンを走らせ始めた。美しい文字だ。質の高い、手厚い教育を受けたことが伝わってくる。

——殿下がやる気になってくれたわ。なぜかは分からないけれど。

「ありがとうございます、アンジュ。貴女のおかげで少しだけ、諦めていた人間関係をやり直せる気がしてきました」

「妻として当たり前のことをしただけですわ」

本当に当たり前以下の、社交の基本をやっただけである。

どうかルイのやる気が持続しますように、と祈りながら、アンジュは再びお礼状の作成に戻った。

——とにもかくにも、今は殿下の社会復帰。その先は……。

アンジュはとある思いつきに、ふと手を止めた。

——こんな風にルイ様にたくさん恩を売って、お母様と私の外国への逃亡を手助けしていただく、というのはどうかしら?

ルイは圧倒的な美貌の持ち主で、王子で、余計なことをしなければ物腰も上品だ。

彼ならばすぐに、子どもを産んでくれる再婚相手が見つかるだろう。

もしも彼と離婚し外国に逃げられたら、そのときはクーレングーシュ公爵家の力が及ばない世界で、母と二人で暮らせる。

そう思った刹那（せつな）、大きく胸が騒いだ。

なんと希望に満ちた未来だろう。

ルイとの円満離婚にこぎ着け、慰謝料をもらって、そのお金で外国に逃げる。

そうすればアンジュと母は、永遠にクーレングーシュ公爵家に苦しめられることはなくなるのだ。

さらには『いつかルイが正気に戻って自分をたたき出す日がくるのでは』という心配もなくなる。

——冴えているわ、私……！

自分の思いつきにびっくりしつつ、アンジュは睡眠と栄養満点の食事に感謝した。

こんなにも色々なことが考えられるようになるなんて。

空腹の辛さに気力が枯渇することもなく、口の中にはちゃんと唾液が湧いてくる。身体は重くないし、次から次へと着想が浮かぶ。

「あ、そうだ。アンジュ、例の侍女頭の死体はクーレングーシュ公爵家に送っておきました」

「えっ？」

素晴らしい思いつきに胸をときめかせていたアンジュは、ルイの言葉に耳を疑った。

「ごめんなさい、今なんとおっしゃったの？」

「侍女頭の死体をクーレングーシュ公爵家に送っておきました。貴女に手出しをするとどうなるか、多少痛い思いをさせて分からせねば」

瞬きもせずにルイが言う。

「え……っ……えっと……あ、ありがとうござい……ます……？」

そんなことをされたら、公爵夫人は間違いなく逆上し、アンジュを殺そうと躍起になるだろう。なぜ彼女を余計に刺激するようなことをしたのか。

——こ、好戦的すぎるわ。さすがの公爵夫人も腰を抜かしたんじゃないかしら？

「いいえ、僕の子どもを産んでくれる貴女は、この世で一番尊い女性です。そのことを皆にも知ってもらいましょう」

この男はなにを言っているのだろうか。

笑顔が美しくて腹が立つが、なんとか気力を振り絞り、微笑み返した。

「それで、クーレングーシュ公爵家からはなにか言ってきましたか？」

「たぶん公爵夫人が正王妃様に泣きついたのでしょうね。その結果、ああして刺客が送られてきたのだと思います」

「なる……ほど……」

最悪ではないか。だがルイはとくに気にした様子はない。

「ですが送られてくる刺客は、その都度『最小限度の攻撃』で潰そうと思います。貴女は約束通り安全なところに隠れていてください」

「はい、分かりました」

それ以外に思いつく返事がなかった。

アンジュの現在の目標は『離婚して異国で母と暮らす』ことだ。

それまでになんとかルイに恩を売り、快く逃亡資金を出してもらえる関係にならねばならない。

ついでにルイの再婚相手も見繕（みつくろ）っておこうかと思い、アンジュはさりげなく尋ねた。

「ところで殿下はどんな女性がお好きなのですか？」

「僕と結婚し、子どもを産んでくれる女性です」

予想と一言一句違わぬ答えが返ってきた。

だがここで会話を投げ出してはいけない。

「では、子どもが生まれないとしたら、どんな方と結婚なさりたかったですか？」

「どうしたのですか？　突然。僕は貴女と結婚して満足していますから、そんな仮定をすることはありえません」

——満足してるんだ……なにに？

果てしない疑問が湧いてきたが、アンジュはそれを押しやり、とびきりの愛想笑いを浮かべる。

「聞いておきたいのです、せっかくルイ殿下と夫婦になったんですもの」

「それもそうですね」

不審そうな顔をしていたルイが、すぐに笑顔になる。彼の機嫌を取るには『夫婦』『子ども』という単語が一番のようだ。

「僕が好きな女性は、家庭を大事にしてくれる信心深い女性です」

「なるほど……」

「貴女は理想にぴったりでした。神の采配に感謝します」

――私はどちらの条件にも当てはまらないのだけれど。

笑顔で考え込むアンジュに、ルイは言った。

「ご母堂を自分の命と同じくらい大事になさり、刃で人を傷つけるのは怖いと正直におっしゃった。貴女は素晴らしい女性です」

ルイが乾いた首の傷を撫でながら、なぜか頬を染めて微笑む。

狂乱の初夜だった記憶しかないが、ルイには好印象だったらしい。理解はできない。

「あ、あの、結婚式の日の夜は、私も追い詰められていて申し訳ありませんでした。ルイ殿下にご相談すればよかったのですよね、母が公爵夫人に囚われているって」

「もちろんです、夫の僕になんでも相談してください。ご母堂も無事ですから安心してくださいね。今日の刺客も皆殺しにしましたから、しばらくは安全です」

得意げな顔でルイが言った。多分褒めてほしいのだ。それは分かる。

「ま……まぁ……！　さすがルイ殿下、頼りになりますわ！」

とにかくルイの側にいれば安全なのは分かった。彼の気が変わらない限りは、だが。

——状況が変わる前にルイ殿下に恩を売るのよ。

アンジュはそう思いながら、ご機嫌なルイに合わせて笑顔を浮かべ続けた。

結婚式から五日が経つ。

アンジュはあれから毎夜のようにルイに抱かれ、甘い声を上げさせられていた。

肌を合わせるのは嫌ではない。

閨でのルイはいつも紳士だし、これも自分の仕事だと思えば苦痛はなかった。

「あ……っ、あんっ、んっ……」

今夜は、ルイに跨がり、向かい合った姿勢で番い合っている。

ルイに『交わりながら口づけてみたい』と言われたからだ。

とくに不満もなかったので、服を脱ぎ、言われたとおりにしたのだが……。

――だ……だめ……腰が溶けそう……っ……。

頭がしびれるくらい、その日の夜の交合はよかった。

「あ……あ……！」

嬌声が押し隠せない。繰り返される交わりで身体が馴染んだせいなのか、痛みもなく、ひたすらに身体が熱くなっていく。

「アンジュ、また僕に口づけしてください」

ルイの言葉に、アンジュは腰を揺らしながら、彼の形のいい唇に口づけた。

「んぁっ……ん……っ……んく……っ……」

ルイの太いものに深々と貫かれながら口づけをかわしていると、乳房の先が硬くなってくる。

そこがルイの胸板に触れ、ますます硬く尖っていくのが分かった。

「んっ……ん……」

大きな手がアンジュの腿をなで上げた。それだけでアンジュの身体がぶるっと震える。

「ああ、感じやすいのですね、なんて素敵な身体だ」

「ル、ルイ殿下……っ……あ、ああ」

アンジュは不器用に腰を動かし、無我夢中でルイの肉杭を食んだ。

「ルイと呼んでください、僕たちはもう夫婦なのですから」

「は、はい、ルイ様……あんっ」

身体に相性というものがあるのなら、自分とルイは良いほうなのかもしれない。

アンジュのお腹の奥から熱い蜜があふれ出してくる。

「んぅっ！」

性器の鋭敏な箇所がルイの下生えでこすられて、アンジュは思わず声を上げた。

視界が涙で歪むほどの快感を覚え、思わずルイの身体にしがみつく。

心を許した覚えはないのに、身体はありとあらゆる場所を許してしまった。そう思いながらアンジュは無我夢中で身体を弾ませる。

「きもちいいです……ルイ様……」

そう訴えかけて、ルイの肩に額を押しつける。

ルイの身体は温かく、たくましくて、こうしてしがみついていると言葉にできない満足感がこみ上げてきた。

「僕も身体が溶けそうです、アンジュ」

ルイが誘うように何度も髪に口づけてくる。

アンジュは素直に顔を上げ、彼と唇を合わせた。

「ああ、貴女が可愛い」

ため息のような声でルイが囁きかけてきた。

もう一度ルイにしがみつき、アンジュはさらなる快楽を得ようと身体を揺らす。

「あ……っ、あぁんっ」

どうせするなら、自分も積極的に楽しめばいい。

でもそれだけだ。

抱かれたからといってルイに対する気持ちが変わるわけではない。

——身体の相性だけは良くてよかったわ。

ルイの身体の上で甘い喘ぎ声を上げながらも、アンジュはどこか冷静だった。けれど身体は燃え上がりそうに熱い。

繋がり合った場所からは淫らな蜜音が聞こえてくる。

もっと気持ちよくなりたい。アンジュはルイのたくましい身体に、自分の身体をこすりつけた。意図したとおりに密着感が高まり、アンジュの唇からため息が漏れた。

「は……はぁ……っ……」

「こんなに積極的に動かれたら、一度ではやめられそうにありません」

アンジュは汗だくになりながら頷いた。

ルイが一度で満足しないことは初めてではないからだ。

「貴女はこうされるのがお好きなんですね？」

大きな手がアンジュの臀部をがしっと摑んだ。そのまま身体を揺すられて、再び柔らか

な花芽にルイの硬い毛が触れる。

「あ……ぅ……好き……っ……」

再び脳天まで突き上げるような快感が走り抜けた。隘路がぎゅうぎゅうと狭まる。

「ん……んぁ……」

「なんだか少しずつ貴女のいい場所が分かってきて、嬉しいな」

ルイが額に口づけてくる。

アンジュは彼の肩に摑まったまま、わずかに仰け反った。

――ああ、もう達してしまう……。

くたりと彼の身体にもたれかかると、臀部を摑むルイの力が強まった。

「果ててもいいですか？」

アンジュはルイに抱きついたまま頷いた。

途端にルイの動きが激しくなる。力強く突き上げられたアンジュの身体は、抗えない官能の波に呑まれた。

「どうして貴女はこんなに可愛いのでしょうね？　僕は幸せ者です」

アンジュの一番深い場所を穿ちながら、ルイが言う。

「あ……あんっ……」

絶頂感で涙が出てくる。

奥に勢いよく精を放たれ、アンジュのその場所が強く収縮した。火照った粘膜に熱い滴が降りかかるのが分かる。

「アンジュ、僕の可愛い人」

ルイはそう言うと、淫杭を抜かずにアンジュの身体を抱きしめた。果てたはずのそれは、熱く硬いままだ。

「どうしても、もう一度抱きたい」

ルイの言葉に、アンジュは素直に頷く。顔を上げて唇を合わせ、しっとりと重くなった身体をぎこちなく揺すった。

——付き合うのはルイ様の歓心を買うため。私だって楽しめばいいんだし。

そう思いながら、アンジュは再び、甘い声を漏らし始めた。

◆

——神様、ありがとうございます。どんな姿になっても、僕は弟妹を愛します。父母を敬愛します……。

血にまみれた聖堂で、ルイは感謝の祈りを捧げていた。そこには誰もいない。生臭い匂いに満ちているだけで、光の一筋すら差さない場所だ。

——僕に家族を返してくださって、ありがとうございます。

祈れば祈るほど脂汗が滲んでくる。

『どうか、僕の目に見えている家族が幻などではありませんように』

ぐしゃぐしゃに潰れた影に囲まれ、ルイは祈り続ける。捧げるのは感謝の祈りだ。

この生活に感謝を。家族を返してもらえたことに感謝を。

そう思いながらルイは必死に手を組み合わせる。

どうか、最愛の皆が二度と消えませんように、いびつでもいい、この暮らしが永遠に続きますように、と。

そのとき、暗闇を震わせて女の声が届いた。

「ルイ様」

名を呼ばれ、ルイははっと目を開ける。

誰の声だろうと思ったとき、裸の女の姿が見えた。

「うなされておいででしたわ」

「……誰……ですか……」

ルイはかすれた声で尋ねる。ふと気付けば自分も裸で、身体が汗で湿っている。

裸の女は美しい顔に笑みを浮かべると、優しい声で言った。

「アンジュです」

「ああ、アンジュ……」

まとわりつく夢の残滓(ざんし)が、その声で流れ去っていく。

ルイはゆっくりと身体を起こし、先ほどかなぐり捨てた自分の寝間着を手に取った。そしてそれを裸のままのアンジュの肩に着せかける。

「風邪を引きますよ」

「ありがとうございます。怖い夢でもご覧になったのですか？」

遠慮がちに尋ねてくるアンジュに、ルイは首を横に振ってみせた。

「いいえ、すみません。僕はうなされていたのですね」

「ええ」

アンジュは頷くと、寝台を出て、先ほどルイが強引に脱がせた寝間着を拾い上げた。そして恥じらう様子もなくルイの寝間着を脱ぎ、拾った自分のものに着替える。

滑らかな肌と身体の曲線が露わになり、ルイは思わずつばを飲み込んだ。

——貴女は僕になにも感じていないんですね。僕は貴女の肌を見るだけでこんなに……。

アンジュの身体を見るだけで欲情してしまう自分が少し悲しかった。

彼女は妻の役目を果たしているだけなのだ。

身体を許してくれるのも、それが妻の仕事だからと割り切っているから。

そこまで考えて、ルイはくだらない拗(す)ねた気持ちをかき消した。

「ルイ様も寝間着をお召しください」

差し出された寝間着を受け取り、ルイは毛布をはね除けてそれを羽織る。

アンジュはルイの裸身を見ようとすることもなく、そのままこちらに背を向けて横たわってしまった。

「……おやすみなさい」

ルイの言葉に、アンジュは小さな声で応えた。

「はい、おやすみなさいませ」

第三章　愛し合う夫婦かどうか

「僕からの贈り物です、気に入っていただけるといいのですが」

——なに、これは。

アンジュは、ルイの私室の居間いっぱいに広げられた布たちを前に立ち尽くしていた。

結婚式から十日が経った。

昼はひたすら手紙を書き、夜は『人並みに性欲がある』ルイに付き合っていたら、あっという間に時間が経っていた。

そんな中、大量の生地が城に届けられたのである。

ちなみにこの城の名前は『ゴーテ城』というらしい。結婚してからしばらくして知った。

——これ全部、ルイ様がお買い求めになった私のドレスの生地……？

ありとあらゆる色の乱舞に目眩（めまい）がしてくる。

いったい、いくら分の生地を購入したのだろうか。だがどの色も絶妙に地味なアンジュに似合うのが不思議だ。

「妃殿下、こちらも、こちらも素敵ですわ、こちらの生地なんて夜会服にぴったり！」

興奮状態のマイラが次から次に布を手に取り、広い居間をぐるぐる回っていた。

手伝いに来た下働きの女性たちも、嬉しそうにアンジュに色々な布を勧めてくる。

「妃殿下、やはり瞳の色と同じ青ですわ」

「いいえ、こちらの淡い金が髪の光沢と同じ色です」

「ま、待ってちょうだい、ルイ様に仕立てに出す順番を決めていただくわ。たくさんありすぎて選びきれないもの」

ルイがその様子を見守りながら、笑顔で言った。

「全部仕立てましょう。貴女の嫁入り道具は捨ててしまって」

そう言って、ルイが手に持っていた箱を開ける。

――……公爵夫人やコリンヌ義姉様が着けていた宝石より立派かも。

中に入っているのはダイヤモンドやサファイア、真珠を使った飾りが主だ。あまり高価な品に興味がないアンジュは、一通り手に取ってお礼を口にする。

「ダイヤモンドがとても大きくてびっくりしました」

「どれですか？」

アンジュはひときわ立派なダイヤモンドのネックレスを手に取る。

「えっと、これです。大きいですね」

女なのに、見事な宝石を前にそれしか感想が出てこない。

「そちらは国王陛下から戦勝記念の褒美に頂いたダイヤです。公の場には王子妃の貴女が着けていってください」

——戦勝記念のダイヤモンド？　もしかして王家の財産の一つ？

だとしたらこれは、大きな城が一つ買えてしまうほどの価値かもしれない。

——触るのも怖いわ。

アンジュは無言で、ルイが手にした箱の中にネックレスを戻す。

「気に入りませんでしたか？」

「いえ、あの、落として傷つけたら大変だと思って」

「そんなことは気にしないでください。マイラ、アンジュにこのネックレスを着けてあげてくれ」

ルイの指示に、マイラが駆けつけてくる。

「失礼いたします、妃殿下」

——着けるのが怖いのだけど。

最近まで襤褸を着て食事を抜かれていた女には、白金細工のダイヤモンドのネックレスなど不釣り合いすぎる。

そう思いながらもアンジュは諦めて、されるがままにそのネックレスを身につけた。

「それは、正王妃様が自分用に欲しいと言い続けているダイヤモンドなのです」

――また面倒なものを受け取ったのね……ルイ様って案外好戦的よね？

そう思いながらアンジュは微笑む。

「返せと言われたらどういたします？」

「言われていますが、まあ大半のことは、のらりくらりとかわせばいいと思います」

――ルイ様はやらないだけで社交上手なのでは？

かすかな疑念が湧いてくる。

とにかく、ルイの立場向上のために一刻も早く『社交の輪』を築きあげねば。そしてルイに気に入られて恩を売る。アンジュに今できることはそれしかない。

「僕は貴女に心から感謝しています、戦争から帰ってきてからというもの、どうしても人と連絡を取ったり、パーティに顔を出すということができなくなってしまったので」

ルイがやるせない笑顔を浮かべる。

――それは仕方ないわ。まあ……色々ありすぎて心が爆発してしまったのだと思うし、そのことを責めようとは思わないもの。

そう思いながらアンジュは明るく答えた。

「私が代行いたしますから大丈夫です。今日の午後には、先王陛下がゴーテ城の様子を見に訪ねていらっしゃいますし」

そう答えて、アンジュははっと壁のところに置かれた時計を見た。

もう昼近い。

先王は、音信不通だったルイの新婚生活を確認しに来るのだ。

情緒のおかしい孫が勝手に『クーレングーシュのアヒル姫』などと呼ばれる女と結婚してしまい、さぞかし心配していたことだろう。

「ルイ様、ドレスの生地をありがとうございました。では私は、先王陛下をお迎えする準備を確認して参ります！」

連絡が取れるやいなや『私がそちらに行く』と言って、最短の日付を書いて寄越した。

「妃殿下は働き過ぎですわ！　確認なら使用人にお任せして、こちらでおやすみくださいませ」

マイラが慌てたように追ってくる。

――そうか、私は毎日、日の出から夜更けまで働かされていたから、意外と体力があるのね。食事さえ摂れれば、このくらいのこと、労働の内に入らないんだわ。

「大丈夫よ、マイラ。貴女こそ疲れていたら休んで？」

「私はまったく問題ありません！」

そう頷いてくれるマイラに、アンジュは笑顔を返した。そういえば、この城にやってきてからというもの、アンジュはとてもよく笑っている。

——私が平和に暮らせているのは、ルイ様が意外と穏やかなおかげもあるわ。

そう思いながら、アンジュは『マルグリットに借りた』ドレスの裾をからげて、階下へと駆け下りていった。


「ルイ！　私はこんな、こんな女との結婚は認めておらんぞ」

大柄でかくしゃくとした老人が、大声を張り上げてアンジュを指さす。

先王は七十歳近いとは思えないほど闊達（かったつ）な老紳士だった。

——予想通り。無理もないわ。正王妃様のおっしゃることをすべて受け入れての結婚だものね。もどかしく思われて当然よ。

アンジュは他人事のように、偉大なる老人の怒りを受け止めていた。

別に怖くはない。

先王は、怒りながらも理性を保っていることが伝わってくるからだ。先王はルイと同じで、いきなり殴りかかってきたりはしない性質の人間だろう。

「正王妃陛下が、ぜひアンジュをと勧めてくださったので」

「なぜ私に相談しなかった！　私がどれだけお前を案じ、何度お前に手紙を送ったと思っているのだ！　なにに代えてもお前の花嫁は探してやったのに！」

「申し訳ありません、お祖父様」

とても、とてもルイらしいそっけなさだった。

アンジュは内心でこれ以上ルイが先王の怒りを買わないようにと祈る。

「お前はこの国の英雄なのだ。王族として唯一戦場に立ち、コンスタン王国を勝利に導いた立役者なのだぞ。なぜこのように自分を安売りするような結婚を……！」

――その通りすぎる。もっと言ってほしいかも。

ただ無言で見守るアンジュに、先王が言った。

「……失礼。こんな女呼ばわりは最低だった。私の暴言を許してほしい」

言いながら先王が頭を下げる。

しかし相手は未だに『陛下』の敬称を許されている、現国王の偉大なる父君だ。アンジュは慌てて膝を曲げ、先王の前に頭を垂れた。

「いいえ、偉大なる我らが先王陛下。私めのことはお気になさらないでくださいませ」

アンジュはルイを誰かに押しつけ、離婚するつもりなのである。

今はそれまでの間に点数を稼ごうと、恩を売っているだけなのだ。

だから先王の怒りも至極当然、まっとうな言葉にしか聞こえない。

「なぜそのように卑屈になる」

「陛下のおっしゃったことは事実でございます。お気に障ったのなら申し訳ありません」

そのとき、ルイが不思議そうに先王に尋ねた。

「お祖父様はなにか誤解なさっていませんか？」

――ルイ様はなにを言い出すのかしら……？

どんなに先王が怒り狂っても『まあ当然だ』と受け止められるが、ルイの発言はなにが飛び出すか分からなくて怖い。

「僕はアンジュとの結婚に満足しております」

「そうではない、なぜ私に相談もせず、正王妃のごり押しに従ったのだと言っている。お前の妃は私が探してやるというのに」

「いいえ、お祖父様。アンジュとの出会いは、僕にとっては良き出会いでした」

――そうなの？

不思議に思ってアンジュは小首をかしげる。

以前にも思ったが、ルイは、子どもさえ産もうとしないアンジュのなにに満足しているのだろうか。

――やっぱり夜の営みかしら。人前で口に出して言わないわよね？

不安に思いながらも見守るアンジュの前で、ルイがきっぱりと言った。

「彼女はすべてに疲れ切っている僕を否定しません」

たしかに、ルイの言動は危ないときが多々あるが、アンジュはとくにそれを責めたことはない。

――ご自分がおかしい自覚が、あったりなかったりするのよね。

無言のアンジュを抱き寄せ、ルイが真剣な口調で言う。

「アンジュと過ごしていると安心できます」

なにに安心しているのだろうと思いながらも、アンジュはそっと目を伏せる。

「安心くらい、他の娘でもくれると思うぞ」

「いいえ、母やマルグリットが他の者には見えなくても、アンジュは自分の目には透明に見えるだけだと言ってくれました。こんなに安心できる言葉はありません」

「ん……？　今なんと申した？」

――ま、まずいわ……！

アンジュは慌ててルイの腕を抜け出し、彼の両腕をがしっと摑んだ。

「一緒に魂の安寧をお祈りしているのですよね？」

「え……？」

「一緒にご家族の魂の安寧をお祈りしているのですよねっ？」

ルイはぼんやりと視線を動かし、すぐに頷く。

「はい。アンジュは天に召された僕の家族にも愛情を向けてくれます。無理に忘れろと言ったりせず、僕の心に寄り添ってくれました」

——危ない……先王陛下にとんでもない話をするところだった。

ルイが我に返ってくれてよかったと思いながら、アンジュは半歩後ろに引っ込んだ。

「なるほど、お前の気持ちは分かった。政略結婚とはいえ、お前たちは気の合う夫婦になれたという話だな」

とりあえず丸く収まったようだ。

すまし顔のアンジュに先王が尋ねてくる。

「では、いくら払えばそなたは身を引く？」

さすがは元統治者、話が早い。

アンジュは驚くより先に外国逃亡の費用を計算し始めた。

——外国ではなんとしても仕事を探すとして、移動費と家賃とそれからええと……。

だが、アンジュが答える前に、ルイが厳しい声を上げた。

「いくらお祖父様でも、アンジュに出ていけなんて言うのは許せません！」

「落ち着け、正しい結婚をするのはそなたの為なのだ」

「正しい結婚などこの世に存在しません！　僕はもう心穏やかに過ごせるのであれば、それで充分なのです！」

——心……穏やかに……？

この生活のどこが穏やかなのだろうか。

「今はその娘を娶って穏やかに暮らしているというのか？」

「はい、戦争中の百倍は穏やかです」

――誰と結婚しても、戦争中よりは百倍穏やかなのでは……？

言いたいことが溢れてきそうだが、アンジュはぐっと堪えた。

「それに僕はアンジュを愛しています」

「なっ？」

「えっ？」

先王とアンジュの声が重なる。先王は厳しい声でルイに尋ねた。

「たったの十日で妃のなにを愛したというのだ？」

「家庭思いで信心深いところです。彼女は正直で、刃が怖い、僕の首を切……」

「神学論争で意見が一致したのですわよね？」

アンジュはルイの口を塞ぎたい思いで、話に割って入った。

「アルティ派の教えこそが本教会の教義に即していると、ルイ様と私の間で合意したのでございます。アルティ派は王家の皆様も信仰していらっしゃる慈悲深き教えですから、心から安堵いたしましたの！」

早口でそう言い切ると、先王が難しい顔で頷いた。

「神学をよく学んでいるのは良い心がけだ。アンジュ殿自身を悪いとは言わぬ。ただルイの妃にするには様々なものが足りていないと思うだけなのだ」

「でも僕はアンジュを愛しています」

「ルイ様、これを機に私と別れて、すぐに子どもを産んでくださる令嬢をお探しになってはいかがです？」

思わず囁きかけると、ルイは真顔でアンジュをにらみ据えた。

いや、にらんではいないのかもしれない。ただ顔が整いすぎているので、じっと見据えられると迫力がありすぎるだけだ。

「離婚には同意できません」

「なぜですか？　先王陛下のご意見も伺うべきです」

「聞いた上で拒絶しています。ああ、アンジュ、貴女まで僕の心を踏みにじらないでください。見捨てられて当然の僕にこれほど良くしてくれ、ここにいる僕の家族のことも、ただ透明に見えるだけだと」

「こほん！　こほんっ！」

「一緒に……魂の安寧を祈ってくれる貴女が、どれだけ大切か」

アンジュはほっと息をつく。

人前で発狂されなくて良かったと安堵していると、先王が言った。

「分かった」

「えっ？」

アンジュは思わず問い返す。

先王は難しい顔でもう一度繰り返した。

「分かったと申しておる。私がこれだけ露悪的に引き裂こうとしても抗うのであれば、それはもう本物の想いなのだろう」

そう言うと、先王はなぜか目頭を拭った。

嫌な予感がする。

アンジュは唇を噛んでなりゆきを見守った。

「ルイは一途だな。私の若いときに似ておる。私は妃を亡くしたが、今も思うのは妃のことばかりだ。妃がどれだけ私に尽くしてくれたか、どれだけ妃の明るさに救われたかと、お前たちを見ていると妃のことばかりを思い出す」

――お待ちになって、私は手切れ金の話がしたいのですが！

そう思いながらアンジュはダメ元で口を開く。

「先王陛下のおっしゃるとおり、私は身を引いてもかまいませんので」

「もうその話はいいと言っておる」

――え、ええ？　手切れ金の話は無くなってしまったの!?

呆然とするアンジュに、先王が言った。

「ルイを想って身を引くとは、けなげな娘よ」

すべてがいいように誤解されていることが分かった。

「あ、あの、先王陛下！　私は本当に、身分も教養も王子妃になるには不足しておりますし、この結婚がルイ様に不利なことも分かっているのです」

「正王妃の勝手な行動は腹に据えかねるが、それは頼りない王太子を思ってのことなのであろう。ルイが力を付けすぎればこの国が乱れるのは必定」

先王はなにかを考えながら続けた。

「ルイ、お前はどうなりたいのだ？　兄と玉座を競い合いたいのか？　それとも……」

「いいえ、僕は兄上に男児が生まれたら王位継承権を放棄したいのです。『殿下』の敬称も辞退しても構いません」

「それでは正王妃の狙い通りになるぞ？　お前を冷遇する正王妃が憎らしくはないと？」

「多少のことは僕が耐えればよいことです」

――『耐える』にも色々な意味があるのね。私みたいに本当にただ耐える人もいれば、ルイ様のように襲い来る敵は皆殺しにして耐える人も……。

アンジュは自分にそう言い聞かせる。

「ルイ、お前はなんと清らかな心の持ち主なのだ。何も望まず、欲張らず……そんなお前を敵視するとは、正王妃にはほとほと呆れた」

そう言うと、先王は懐から一つの指輪を取り出した。

「アンジュ殿、そなたがルイをよく支えてくれているのは分かった。ルイと私の交流が復活したのは、そなたの内助の功であることも理解している」

間違ってはいないが、純粋な愛で助けているわけではない。

アンジュは首を横に振った。

「当然のことをしたまでです」

「これを受け取れ、亡き妃の形見だ。妻の鑑であるそなたに相応しい」

アンジュの指に、巨大な赤い石が付いた指輪が嵌められる。

曇りのない真っ赤な石の周りを大粒のダイヤモンドが取り囲んでいて、目がチカチカするほどに輝いている。

「どんなに欲しがられても、正王妃には譲らなかった指輪だ。どこを探しても、これだけの大きさと質のルビーは見つからない」

「では私もご遠慮いたします」

即座に断ると、先王が眉根を寄せる。

「ならぬ。ルイの妃としてこの指輪を管理し、生まれた子に引き継ぐがよい」

まさか先王から国宝級の指輪を下賜されるとは思っていなかった。

勝手に処分などできないし、格式の高い会には着用していく必要もあるだろう。しかもこれを身につけているのが正王妃の目に触れたら、睨まれることは必定だ。

——め、面倒なことに……。

圧倒的なルビーの輝きに呆然としていると、先王が言った。

「いきなり声を荒らげたり、無礼な態度を取ったりしてすまなかった。どうしてもお前たちの本気を確かめたくてな」

「いいえ、僕たちは気にしていません。ね？　アンジュ」

頷くしかないので、アンジュは愛想笑いで首を縦に振った。


——なにがあろうと食べると疲れが吹き飛んでいくわ。

先王を見送ったその日の夜、夕飯をしっかり食べたアンジュは、ルイ宛てに戻ってきた手紙の返事を検めていた。

ジュニト・ド・ロンバルデから、結婚祝いの贈り物に対するお礼状が届いている。

アンジュは内心で『やった！』と拳を握り締めた。

彼とルイとの友人関係を復活させられれば、先王に続いてルイのよき後ろ盾となってくれそうだからだ。

ついでにジュニトの新婚の妻は元侯爵令嬢で、コンスタン王国でも指折りの社交上手らしい。

　――これはどうしても欲しい人脈ね。惜しみなく最上の陶磁器をお贈りしてよかった。孫の代まで使っていただける逸品にしてよかったわ。

　アンジュはほくほく顔で、手紙を手にルイのもとに向かう。

「ジュニト様が、私たちからの贈り物を喜んでくださいましたわ」

　寝台に腰掛けて本を読んでいたルイが顔を上げ、差し出したジュニトからの手紙を受け取った。

「……ありがとう、アンジュ。久々に友人の消息を知れて嬉しいです」

　ルイが王子様然とした美貌に、輝くような笑みを浮かべる。

「お贈りしたのは、白百合が描かれたティーセット一式です。クーレングーシュ公爵家でも懇意にしていたヴェルタの窯元から買い付けましたの」

　金遣いが荒い実家で得た高級品の知識が、意外なところで役立ってしまった。

「ジュニトは婚約時代、エルマ夫人を『白百合のようだ』と讃えていましたから、ちょうどいいですね」

　――ところでルイ様はこれまで誰かと婚約したことがあるのかしら？　私、ルイ様のことを本当になにも知らないわ。

　アンジュは何気なくルイに尋ねた。

「ルイ様はこれまでに婚約なさらなかったのですか？」

「一応していましたが、僕が戦争に赴くことに決まって破棄されてしまったんです」

――え……っ……婚約の件まで不幸だったなんて。余計なことを聞いてしまったわ。

どう反応すればいいのだろう。

ルイは、死んでも仕方ない立場として送り出されたのだ。そのことが今さらながらにはっきりと分かり、なにも言えない気持ちになる。

できるだけ『無』の表情をたもつアンジュに、ルイは言った。

「婚約者に死なれては貴婦人としての将来が閉ざされますから。彼女は今、裕福な伯爵夫人として暮らしているそうですよ。とくに未練はありませんし、幸せに暮らしているのならばそれでいいと思っています」

「なるほど……」

「でも貴女なら、律儀に僕を待っていてくれる気がします。たとえ本意ではなくても」

思わぬ信頼を寄せられ、アンジュは目を丸くした。

「ルイ様？」

「本当は、ご母堂とどこかに逃げたいのですよね？」

心臓が止まりそうになった。

彼は時々、ぞっとするほど鋭い。

絶句するアンジュにルイが言う。

「あくまで想像ですけれど、貴女の望みは贅沢でも身分でもなく、クーレングーシュ公爵家からの完全な解放なのではないでしょうか」

アンジュの心を正確になぞりながら、ルイが微笑む。

「僕はそのための踏み台です。違いますか？」

「え……あの……」

「答えなくてもいいんです。僕も最初は、貴女に望むのは子どもだけでしたから」

アンジュは冷や汗を滲ませながら唇を噛んだ。

「どうして……そう思われるのですか？」

「簡単です。初夜では自殺しようとした貴女が、まるで点数を稼ぐかのように家政に励み始めて不思議だなと思ったからですよ。僕を愛している訳でもなさそうですし、何か狙いがあるに決まっています」

当たり前のことのようにルイが答えた。

――気付かれていたんだ。

何もかも見抜かれているならば、黙っているのは無意味だ。

「はい、私はこの身分のせいで、いつかルイ様に追い出されるのではないかと心配しています。ですから、長くここに留まるつもりは、おっしゃるとおりありません」

震え声でそう切り出すと、ルイが穏やかな声で答えた。

「追い出すなんて、あり得ません」

「なぜあり得ないと言い切れるのですか？」

「貴女の生まれに罪はないからです。貴女は僕と同じで、正妻以外から生まれた子どもでしょう。その苦しみが分からない僕だと思いますか？」

アンジュははっとして、謝罪の言葉を口にする。

「……申し訳ありません。正嫡の子ではないと言っても、ルイ様と私では雲泥（うんでい）の差があると思い込んでいました」

「差などありません。正妻に憎み尽くされて、理不尽な目に遭い続けてきたところは、僕も貴女も一緒です」

アンジュは言葉を失う。

ルイがそんな風に思っていたなんて、まったく知らなかった。

「私、本当に、いつかは追い出されるんじゃないかって……」

「追い出しません。僕は貴女が思っているより、貴女に感謝していますし……それに、うまく伝えられているかは分かりませんが、貴女を愛しています」

——愛してる……？　先王陛下への言い訳ではなく本当に？

自分は理屈っぽい女だ。

そう思いながらも、アンジュはさらに尋ねずにはいられなかった。

「まだ十日しか一緒に暮らしていないのに、愛していると言いきれるのはなぜですか？」

「僕は単純ですから、貴女に受け入れてもらえただけでも愛しくなりました」

ルイの答えに、アンジュは赤くなる。

――や、やっぱり夜の生活にはご満足いただけてるのね。

耳まで火照っているのが自分でも分かるほどだ。

「まるで恩返しのように、毎日家のことを頑張ってくれるところも好きです」

「ルイ様は、価値のない私に食事を与えてくださいますから」

「価値？　貴女は価値に溢れています。よく召し上がりますし、気丈ですし」

「き、貴婦人としては落第点かと」

――生命力の強さしか褒めるところがないなんて。でも仕方ないわよね。生まれながらに絹と宝石に包まれて育ったお嬢様ではないから。

アンジュはため息をつく。

だがルイは嬉しそうだった。

「いいのです。襲撃を受けるたびに腰を抜かされては困りますからね」

「あの、そのことなのですけれど、これからは味方を増やして、正王妃様がうかつに命を狙えないような立場を手に入れてくださいませんか？」

思わず本音を漏らすと、ルイがさらに笑った。

「たしかに戦争から戻ってきてから、正王妃様がやたらと僕を蹴落とそうとしてくるようになりました。あれは、僕が人付き合いを絶ったせいもあるんですね」

ルイが良いことを知った、とばかりに無邪気に言う。

——変なところで貴公子様よね。世間知らずなんだから。

「もちろんです。社交界はどれだけ多くの有力者と繋がるかで、扱いも立ち位置も変わってくる世界ですから」

「そうですか、面倒ですね。刺客は殺せば済むのですが」

ルイが笑顔のままで言った。その声がひんやりした風を含んでいるように思えて、アンジュはわずかに身体を固くする。

「そうでしょう？　殺しに来る相手なんて、端から話し合いの気持ちなど持っていない。同じ手段で『対話』するしかないんです」

そう言うと、ルイはアンジュの頬に頬ずりした。なんと滑らかな肌だろう。口にしていることは物騒なのに、一瞬それを忘れそうになる。

「ですから僕は、お祖父様のように会話をしてくれる相手とは会話を、殺しに来る相手には殺しで返そうと思います。罪を犯すわけではありません、これはある種の対話です」

『罪ではない』と念を押されて、アンジュは頷いた。

「そ、そう……ですか……」

　圧倒されて、それしか言葉が出てこない。

　実際にルイの容赦ない面を何度も見てきたからだろうか、この言葉は大袈裟ではなく、事実なのだと思える。

「もちろん、アンジュの言うように社交も大事ですよね」

「はい、危険は減らしたほうがいいと思います」

「たしかに。貴女や子どもが狙われたら危ない。僕はもう家族を失いたくありません」

　ルイはしみじみと言う。

　そしてアンジュを抱いたままぽつぽつと話を続けた。

「四年前、戦場を指揮するドルシュ将軍からの要求で、王族も戦線に立つことになったんです。理由は兵の士気を上げるためでした。王太子殿下や王弟殿下ではなく僕が選ばれたのは、やはり側妃の息子だったからなのでしょう」

「ルイ様……」

　自分の話をしてくれる気になるとは、どういう心情の変化だろう。

「僕は十五歳のときに王宮に連れ戻され、王太子殿下に万が一のことがあったときの待機要員として暮らしていました。もちろん歓迎される王子などではありませんでしたよ。このゴーテ城で暮らしていた頃のことを思い出し、何度も一人涙したものです」

——自分たちの都合で追い出したルイ様を呼び戻したのに、勝手な話ね。

アンジュはルイにわずかな同情を抱いた。

「家族は毎月のように面会に来てくれて、僕を愛していると言ってくれました。王太子殿下に息子さえ生まれれば、また帰ってこられると励ましてくれたものです」

「そういえば、王太子殿下には姫君しかおられませんね……」

「ええ。王太子殿下はなぜか男子に恵まれないのです。とにかく、僕にとってはピアダ侯爵家の家族が心の支えでした。戦争に行くことになっても、ここに戻れさえすればまたいつか家族と暮らせるのだと思って、三年耐えました」

ルイのため息が聞こえる。

それでも彼は、心の支えだった家族を失ってしまったのだ。

「あの知らせが来たのは、終戦の三ヶ月くらい前でしょうか。家族が皆いなくなったと知らされて、自分も死のうと思ったのですが、生き延びてこのざまです。僕を生かしてくれようとした将兵たちのことを思えば、死ぬわけにはいかないのですけれど」

——なにも責められない。

アンジュはそう思いながらただ頷く。今の彼は正しく事実を受け止めているのだ。正気でいるほうが辛いだろうに。

「僕の家族はもう、本当にいないのでしょうか？」

ルイの家族は、山道での馬車の事故で亡くなったと聞いている。不幸にも馬車に落石が直撃し、崖から落ちてしまったせいで、誰も助からなかったのだと。

「僕は思っているんです。この国のために命をかけ、必死に手を汚したから、神様が家族を返してくれたんじゃないかって……そうとでも思わなければ、やりきれないのかもしれない。自分でも自分のことが分かりません。こうして話していても、家族は僕の側にいると思えてならない。いないことは、もう分かっているはずなのに」

——ご家族が見えてしまうのは、自分でもどうしようもないのでしょうね。

言葉に詰まりながらも、アンジュはもう一度首を横に振った。

「ルイ様は悪くありません。世の中には仕方のないこともあります」

「ありがとう、アンジュ」

ルイを納得させられたとは思えなかった。だがアンジュはとりあえず頷く。

彼が癒される日がいつなのかを知っているのは神様だけだ。

アンジュにできるのは、ただ彼に付き合うことしかない。

「僕は今も心のどこかで、新しい家族さえ、子どもさえいれば救われるのではないかと考えています。貴女に対してひどく失礼な願いだと頭では分かるのに。こんな僕のところに嫁がせてしまってごめんなさい、アンジュ」

謝られるようなことではない。

　そもそもアンジュだって、ルイのことなどなにも考えずに嫁いできた。選べなかった。ただ言われるがままに流されてきたのだ。

「いいえ。私は寒くもなく、飢えることもなくて、今がとても幸せです。母まで助けていただけて感謝しています」

　そう言って、アンジュはルイの膝から降りた。

「ごめんなさい、重かったですよね」

「いいえ、軽いです。貴女は羽根のようですよ」

　そう言ってルイはアンジュの片手をとり、そっと指先に口づけた。

「貴女のおかげで僕は今、幸せです。一人ではないと思えるから」

「私は最低限のことしか……」

「感謝しているのですから、受け取ってください」

　アンジュはかすかに頬を赤らめ、小さな声で答えた。

「ありがとうございます」

　こうして穏やかに話しているルイは、まさに理想の王子様のようだった。

　きちんと整えられた金の髪に、澄み切った緑の瞳。浮かべる笑顔は優雅で、何から何まで隙がない。

「いつも今のような気持ちでいられればいいのに」

「ルイ様……」

「貴女が僕を否定しないでくれると、本当に心が軽くなる。貴女が側にいてくれることが嬉しくなるんです。それが今、僕が言葉にできる愛です」

——私は……ルイ様に適切な言葉を返せるかしら……。

しばし迷ったアンジュは、考えて慎重に口を開いた。

「私がお役に立てるのであれば、出て行こうとは思いません」

「もちろんです。どんなに僕の立場や境遇が変わろうと、貴女を追い出すことなど決してあり得ません」

ルイの緑の瞳に柔らかな光が浮かぶ。

卑怯なくらいに美しい男だと思いながら、アンジュは言った。

「ルイ様への恩は返します」

「僕は恩返しを望んでいるわけでは……」

「ルイ様が、いつも今のような穏やかな気持ちでいられるよう、お手伝いします」

本当にそんなことができるだろうか。

ルイの心の傷は深いのだろう。

ただ戦争に行くだけで、社会復帰できなくなる例もあるという。そう新聞で読んだ。

ルイはそんな凄惨な戦場の中で、コンスタン王国の『心臓』として常に敵に狙われ続けていたのだ。

手に掛けた敵兵の数だって、アンジュが思っているよりもずっと多いに違いない。

「できないこともあると思いますが、できることは精一杯やりますから」

「ありがとう、アンジュはささいな恩を本当に忘れないのですね」

「あ、当たり前です！　私にルイ様のなにが分かるとも言えませんけれど」

「僕を理解しようとしなくていいんです。貴女は貴女らしくいてほしい。その姿に救われる僕のような人間がいると覚えていてくれれば」

そう言うとルイは立ち上がった。

アンジュは吸い寄せられるように、背の高い彼を見上げる。

「僕がまた人殺しになっても許してくださいね。貴女の道徳に反することをしても許してください。殺す人数は最低限に抑えますから」

「危ないことには賛成できませんが……」

「襲われた場合は仕方ないと？」

アンジュは頷く。ルイは理不尽な殺意に晒されているのだ。こちら側だけ聖人君子になれなんて言えない。

「はい。私の都合や常識に、ルイ様を押し込めないとお約束します」

「……護身の剣、教えましょうか？」

「えっ？」

突然の提案にアンジュは目を丸くした。

「そうです、いざというときに身を守ることくらいはできるといいですね。刃は怖い物です。その怖い物のせいで命を落とすことがないよう、学んだほうがいい」

ルイはアンジュの手を取り、歩き出す。

「食後の運動にちょうどいいので、遊びのつもりでお付き合いくださいませんか」

「あ、ちょ、ちょっと……ルイ様……っ……！」

有無を言わさずアンジュはルイに連れられて部屋を出た。階段を降り、大広間へと向かう。がらんとした巨大な部屋で、ルイが壁に掛けられた剣を手に取った。

「これは長剣です。けっこう重いので気をつけて。念のため両手で持ってください」

鞘の部分を手にしたルイが、アンジュに柄を向けてくる。

アンジュは言われたとおりに両手で剣を受け取った。

──重……っ！　マイラが短剣を使っていたのは、剣が重いからなのね。

構えているのも辛いほどの重さだ。

「肩を上げずに構えられますか？」

ルイが背後に回ってきて、アンジュの剣に手を添えた。

「……まず鞘から剣を抜きましょう」

「あっ、そ、そうですね！」

言われたとおりだ。自分はなにをしているのだろう。アンジュは頬を赤らめ、剣を抜こうと四苦八苦した。

「どうやって抜けばいいんでしょうか？」

自分が間抜けで情けなくなってきた。

「こうやって脇で斜めに構えて、この角度で抜きます。このときだけは片手です」

アンジュはルイの補助に従ってゆっくりと片手で剣を抜いた。彼が手を放したら、重くて剣を落としていただろう。

「剣って重いのですね」

「ええ、金属の塊ですから、見た目より重量があります」

背後でくすっと笑う声が聞こえた。

毎夜のように肌を合わせているのに、距離が近くて妙に緊張する。

——私、耳が赤くなっていないかしら。

そう思った瞬間に、ルイが耳元に囁きかけてきた。

「刃物ですから気をつけて」

「ご、ごめんなさい……」

ルイには気が散ったことなどお見通しのようだ。

——本当にルイ様は鋭い。隠し事をするのは難しいわね。

「ですが気負いすぎず、運動だと思ってお付き合いくださいね」

そう言うとルイはアンジュから離れ、自分も同じ形の剣を手に取って戻ってきた。

「僕と同じように剣を振ってみてください」

ルイはそう言って、アンジュの隣に立って剣を振り上げ、軽く振り下ろした。

——びゅんって音がしたわ。あんな風に振るのね……。

アンジュはなんとか剣を振り上げ、ルイを真似て振り下ろした。その勢いでよろけて前のめりに転びそうになる。剣先が床に当たり、手がじんじんとしびれた。

ルイが片手を伸ばし、転ぶのを止めてくれた。

「振り下ろすときにもっと踏ん張ってください」

すでに手が痛い。硬い柄のせいで手が赤くなっている。だがあまりにできないのは悔しい。アンジュはもう一度剣を振り上げ、振り下ろした。

再び前によろけてしまう。同じように剣は床に当たり、手がひどく痛んだ。

情けない顔になるアンジュに、ルイが言う。

「鞘で練習しましょう」

「すみません……下手で……」

「いいえ。貴女が剣を握った具合を確かめたかっただけです。筋力と体重が足りないことが分かりました」

そう答えたルイには、いつものにこやかさはなかった。真剣な表情だ。

「鞘を握って」

ルイを真似て、アンジュは床に置いた鞘を握った。こちらは軽い。

「先ほどと同じように振ってください」

びゅん、と音を立ててルイが鞘を振る。片手だ。これならできそうだと思って思いきり鞘を振るが、まったく音は鳴らなかった。

「鞘がちゃんと握れていません、こうして握ってください」

ルイはそう言うとアンジュの手に自分の手を添えた。

かあっと顔が赤くなる。

なぜただ手が触れただけなのに、今さら恥ずかしくなるのだろう。

――こんな風に優しくなにかを教わるのは初めてだからだわ。

アンジュの教師たちは皆厳しかった。

クーレングーシュのアヒル姫に優しくしても得などしないからだ。

だからこんな風になにかを習うのは初めてだ。

アンジュはルイの言うとおりに鞘を構えた。

しかしなんと疲れることとか。

ルイの言うとおりに鞘を振り下ろしているだけなのに、息が上がってきた。

「ではその鞘で、僕の鞘を叩いてください」

「は、はいっ！」

アンジュは言われたとおりにルイに向かって鞘を突き出す。そのとき肩になにかが触れた。ルイが握っている鞘だ。

——いつの間に背後に……？

ぞっとした瞬間、ルイが言った。

「僕が刺客なら首を狙っていました」

ルイは明るく笑っている。冗談だったようだ。

「ま、まったく追いつけません……いつの間に動かれたの？」

「貴女が踏み込んだときには、もうここにいましたよ」

理解不可能だった。アンジュは鞘を握ったままもう一度振り上げる。

「なんとなく動きの癖が分かってきました。アンジュは一点しか見ていませんね」

「もう！　ルイ様、避けないで！」

まったく鞘に当たらず、アンジュは思わず叫んだ。

彼は間違いなく鞘を構えてアンジュの前に立っているのに、どうして当たらないのだろう。まるで影と戦っているようだ。汗だくになったアンジュにルイが言った。

「一度休憩しましょう」

「待ってください、鞘に当てるまで！」

「どうぞ」

　ルイが鞘を横に構えて動きを止めた。

　これに当てろという意味だろう。どうやらアンジュは絶望的に剣の腕が悪いようだ。

　諦めて鞘をこつんとぶつけると、ルイはアンジュの鞘を取り上げた。

「ルイ様、私は才能がないですか？」

　落ち込みながら尋ねると、ルイは言った。

「未経験の人は皆同じです。それに貴方に覚えてもらいたいのは、護身のための剣技ですから。別に達人を目指さなくてもいいんです。振り下ろされた刃をはね除ける術だけを覚えてください」

　――慰めだって分かるわ……。

　肩を落としたとき、大広間の扉が開いて、ルイの侍従長が姿を現した。

「ルイ殿下、失礼いたします。書類の……」

「ちょうど良かった。その前に剣の手本を見せてもらえませんか？」

「え、ええっ？　私めがでございますか？」

　温厚そうな侍従長がふくよかな頬を染める。

「はい、アンジュに受け流しを見せたくて」

「かしこまりました。妃殿下の前で、私程度の剣を披露するのは恥ずかしいのですが」

ルイと侍従長は、鞘を片手に、床に置かれていた剣を構えた。

「アンジュ、どうやって剣を受け流すのか見ていてくださいね」

ルイが言い終えると同時に、丸い身体の小柄な侍従長が、稲妻のような勢いでルイに斬り込む。

予想外の素早さに、アンジュは目を丸くした。

「殿下、殺さないでくださいよ！」

「冗談を言っている暇があったら、もっと本気で斬り込んでください」

会話をしながらなのに、恐ろしい勢いだった。がきん、がきんと大きな金属音が響く。

剣が床にぶつかったときの手の痛みを思い出し、アンジュは顔をしかめた。

——片手で相手の剣を受け止めるなんて、痛そう……。それに、剣の動きが速すぎてなにをしているのか分からないわ。

立ち尽くすアンジュの前で金属音が激しさを増す。

「わ、殿下ちょっ……わぁっ！」

がきぃん、とひときわ大きな音がして、侍従長の剣が飛んでいく。ルイは細剣をくるりと回すと、持っていた鞘に刀身を収めた。

「殿下！　今、妃殿下にいいところを見せようとして、私めに斬り込みましたね」

「なんのことでしょう？」

汗一つかかずにいるルイの前で、侍従長は袖で額を拭った。

「いいのです。新婚さんなので格好付けても許します。それでは後ほどお暇なときに書斎においでください。書類の件でお話がございますので」

そう言い置くと、侍従長は剣を片付け、アンジュに一礼して大広間を出て行った。

「今、お二人はなにをしていたんですか？」

アンジュの問いに、ルイが笑い出す。明るい笑い声だ。ルイのこんなに明るい笑い声をこの城に来て初めて聞いたかもしれない。

「受け流しの手本を見せていました。さてはアンジュには伝わっていませんでしたね？」

「すみません。速すぎてよく分かりませんでした」

「受け流しを覚えれば攻撃をやり過ごせると教えたかったのですが、先は長そうだ」

ルイの言うとおりだ。肩を落としたアンジュにルイが言った。

「時間があるときに少しずつ覚えませんか？　僕が付き合います」

「でも、ルイ様のお手を煩わせるだけになりそう」

自分に才能がないことは痛いほどに感じている。ルイが望むだけの成果を上げられるとも思えなかった。

「かまいません。貴女に護身術を教えると僕が安心するんです」

「どういうことですか？」

「貴女には、少しでも安全でいてほしいという意味ですよ」

予想外の言葉にアンジュは頬を赤らめた。

アヒル姫にそんな優しい言葉を掛けてくれた人は、今までいなかった気がする。

——私、どうして急にルイ様のことを優しいなんて思い始めたの？

アンジュは今まで、ルイを夫という名の他人のように感じていた。

どんな人間か深く知ろうとも思わなかったし、夜の営みも妻の義務だと思って受け入れていただけだ。

身体の相性は悪くない、それで充分だと思っていた。

——私、なんだか調子が狂っていない？

赤い顔を誤魔化したくなって、アンジュはさりげなく横を向いた。

「ありがとうございます。ですが私のことは気になさらないで」

「貴女のことは気になります」

ルイはにこっと笑った。この王子様の笑顔は破壊力抜群だと思いながら、アンジュは彼の笑顔を横目で窺う。

「アンジュは僕のことが気になりませんか？」

「気になります。なんだか危なっかしくって。だから妻としてお助けしようと日々奮闘しているのですわ」

なんとも可愛くない答えしか出てこない。

――たいして役に立ってもいないくせに。

自分で自分に駄目出ししながら、アンジュは俯いた。

「では別のことでも、貴女に気にされるように努力します」

「別のことって？」

ルイが再び笑い声を立てる。アンジュはそろそろと彼を見上げた。

「男として見られたいですね、いつかは」

「な、なにを……」

「貴女になんとも思われていないことは嫌と言うほど分かっていますが、時折寂しくなります」

それは、どういう意味だろう。アンジュはうわずった声で答えた。

「至らない点があるなら、改めますけど？」

「無理に媚びられても嬉しくはないので、今のままでいいです。でも貴女に素っ気なくされると寂しくて。難しいですね、夫婦って」

「いつ素っ気なくしました？」

「共寝をしたあと。終わるとすぐに離れて、僕に背を向けて寝てしまうではないですか」

囁きかけられて、アンジュは首まで真っ赤になって顔を背けた。

どうしていつものようには、正面を向いて堂々と受け答えできないのか。

恥ずかしくてたまらない。

その理由が自分では分からなかった。

「き、気をつけます」

「……ところでどうして急に赤くなったんですか？」

ルイの不思議そうな視線を避けるように、アンジュは鞘を拾い上げた。

「動き回って暑いからです。よかったら、もう一度剣を教えていただけませんか？」

「かまいませんよ、僕の可愛い生徒さん」

ルイの笑顔に、アンジュの顔がますます火照る。

「ええ、よろしくお願いします、ルイ先生」


その日の夜、寝台に座っていると、いつものようにルイがやってきて口づけてきた。

身体を重ねようという合図だ。

アンジュはいつものように自らの帯に手を掛け、ふと手を止める。

──あ、あれ……？　恥ずかしい……？

アンジュは帯を解かずに動きを止める。いつものように裸になったルイが首をかしげた。

「どうしました、アンジュ」

「い、いいえ」

なぜ今さら、肌を晒すことが恥ずかしいなんて思ったのだろう。

──ど、どうしてしまったの、私。

アンジュはごくりとつばを飲み込み、一気に寝間着を脱ぎ捨てた。そしていつものように寝台に身体を横たえる。

「具合でも悪いのですか？」

「いいえ」

そう言ってアンジュはなんとなく乳房を手で隠した。

最近はこの行為にももう慣れて、堂々と裸を晒して、ルイに手を差し伸べていたのに。

「いつもはもっと積極的なのに」

ルイが笑顔でのし掛かってくる。

アンジュは思わず脚を閉じた。自ら大きく脚を開き、ルイを受け入れて、口づけを交わしながら交わる。それが普段の流れだった。もう慣れた。

だが今日はなにをするにも恥ずかしくてたまらない。

——私、どうやってルイ様の前で脚を開いてた……んだっけ……。

いきなり処女のような気持ちになり、アンジュは真っ赤な顔でルイを見上げる。身体を縮こめてしまったアンジュを見て、ルイが表情を曇らせた。

「今日はしたくありませんか？」

アンジュは無言でルイの下腹部に目をやった。淫杭は激しく昂ぶり、そそり立っている。今さらやめますなんて言い出せない雰囲気だ。

「あ、あの、どうぞ」

自分でも呆れるような返事をして、アンジュは脚を閉ざしたまま顔を背ける。

視線を感じるだけで身体中が熱い。

いったい自分はどうしてしまったのだろう。

「分かりました」

ルイはそう言うと、アンジュの脚に手を掛けて大きく開かせる。

恥ずかしい場所を見られた、と思った瞬間、アンジュは抗議の声を上げていた。

「い、いや……っ！」

これまで性交を拒んだことなどなかったのに。案の定、ルイはひどく傷ついた表情で、動きを止めてしまった。

アンジュは乳房と脚の間をそれぞれの手で隠したまま、もう一度脚を閉じる。

——どうしよう。私、急にルイ様を意識しちゃったから、恥ずかしいんだ。

それは親切に剣を教わったからなのか、この家から追い出すことはないと真摯に誓ってくれたからなのか……。

他人のような夫だったはずの彼が、別の人に思える。

でも、そんなことは恥ずかしくて説明できそうになかった。

顔が熱くてたまらない。アンジュは身体を隠したまま強く目をつぶった。

「今日はやめましょうか」

ルイはそう言うと、アンジュから離れる。アンジュは慌てて目を開け、ガウン式の寝間着を羽織っているルイを見つめた。

やはり傷ついたように見える。

アンジュは起き上がり、寝台の端に腰掛けたルイの袖を摑んだ。

「やめなくていいです、ごめんなさい」

「いいえ、僕が無理強いしてしまったようですね」

——どうしよう……。

アンジュは失礼を承知で、ルイの寝間着の裾を引っ張る。治まらずに隆起したままの淫杭が、寝間着のあわせから飛び出してきた。

やはりルイは激しく欲情したままだ。やめようというのは、アンジュに合わせただけの提案なのだと分かる。

ルイが頬を赤らめ、珍しく少し不機嫌そうな声を出した。

「やめてください、僕も恥ずかしいんですから」

「あ……あの……」

雰囲気を悪くしてしまったこの場を、どう繕おう。そう思いながら、アンジュは寝台を降り、腰掛けたままのルイの脚の間に身体を割り込ませた。

「アンジュ？」

「ごめんなさい、嫌じゃないんです……あの……私……」

言いながら、アンジュはそそり立つ杭にそっと手を触れた。

それだけで、ルイが身体を硬くする。

「なにを？」

「嫌じゃないことを証明します」

そう言って、アンジュはルイの肉杭に頬を寄せた。ルイの大きな手がアンジュの裸の肩を掴む。

「なにをするんです。寝台に戻ってください。自分で治めますから」

アンジュは首を横に振る。

「今夜は私にさせてもらえませんか？」

「なにを……？」

ルイの声がかすかに震えている。

アンジュは勇気を出して、肉杭にちゅっと口づけた。

たくましいルイの身体が、かすかに跳ねたのが分かった。

「ルイ様はいつもこうして、私の身体中に口づけなさるでしょう？　だから私もします」

アンジュはそう言って、もう一度ルイの分身に口づける。ルイの引き締まった腹が、なにかを堪えるように大きく上下した。

「急にどうしたんです。そんなことをされたら、本当に、恥ずかしいのに……」

そう言いながらも、ルイが拒む様子はなかった。

アンジュはほっとして再び性器に唇を寄せる。ここは彼にとって敏感な場所のはずだ。自分が乳房を弄られるときのように、舌先で表面をそっと舐める。そしてひくひくと震えている袋を優しく手で撫でた。

——ルイ様のお身体、すごく熱い……。

繰り返し口づけ、舌を這わせているうちに、ルイの息づかいが激しくなっていく。可愛がっている肉杭の先端からは、透明な液体が滲み出していた。

——ここも舐めよう。

アンジュはそそり立つ先端に舌を這わせた。昨日まではしようと思っていなかったことが、今では平気でできる。

「あ……っ……」

ルイが再び身体を揺らして、低い声を漏らす。アンジュは構わずに先端に接吻し、その部分を咥えてみた。

やめろとは言われなかった。

きっと普通に交わるときと同様に、口でも気持ちよくなれるはずだ。そう思い、アンジュはくびれのある先端を頬張り、溢れてくる先走りを舐め取る。

「そんなところに触れるのは、嫌じゃないんですか？」

息を荒げたルイがそう尋ねてくる。アンジュは口を離して、ルイを見上げた。

「はい」

ルイは珍しく頬を染め、ほのかな笑顔だった。先ほどの気まずさが消えたように思え、アンジュも彼に微笑み返す。

「ではもう少し、僕を可愛がってもらえますか？」

アンジュは頷き、先ほどと同じようにルイの先端を咥え込む。ルイが優しい声で、アンジュの手を取り、陰茎の根元に導いた。

「そのままこの辺りを握って、軽くしごいてください。頭がおかしくなりそうなほど、気持ちいいんです」

――そうなんだ……。

アンジュは言われたとおり、やんわりと猛々（たけだけ）しい杭の付け根に手を添えた。

大きな先端を頬張り、脈打つ肉杭をしごいていると、自分の身体まで熱くなってくる。

ルイを興奮させていることで、自分の身体も昂ぶっていくようだ。脚の間がじわりと濡れ、下腹部が疼く。

だがアンジュは構わずにルイへの愛撫を続けた。

「ああ、裸の貴女に、こんないやらしいことをさせているなんて」

ルイの声はうわずっていた。

アンジュは不器用に肉杭を舐め上げ、しゃぶり続ける。しごくたびに、苦い塩味の液体がせり上がってきた。

「……これ以上はいけない。興奮しすぎて、暴発してしまいそうです」

ルイはそう言うと、ひょいとアンジュを抱き上げ、立ち上がった。

そしてアンジュを寝台に横たわらせると、寝間着を脱ぎ捨て、息を弾ませてのし掛かってくる。

「もう嫌ではないですか？」

アンジュは頷く。すると、脚を大きく開かれた。

「先ほどはああ言いましたが、本当は貴女を抱きたくて」

「はい……ルイ様……」

大きく開いた脚の中心にルイが唇を寄せてくる。

やはり恥ずかしくてたまらず、アンジュは身体に力を入れ身構えた。

「あぁっ！」

花芽に口づけられ、アンジュは思わず腰を浮かせる。

今までならきっと平気だった。

どんな行為をされても、楽しみの一環だと思えたからだ。

でも今はルイに口づけられているのだと思うだけで、身体中が燃え上がりそうになる。

「どうしたんです？　こんなに濡らして」

そう言うとルイはアンジュの秘裂に舌を這わせた。

「あ……あの……これは……やぁっ……」

ぴちゃぴちゃと音を立てて泥濘を責められ、アンジュの身体からますます蜜がしたたり落ちる。

「あん……っ……んん……っ……」

我を忘れて声を上げると、舌がアンジュの中に入ってきた。

「駄目……ルイ様……」

秘裂に入ってきた舌が、アンジュの蜜を舐め取るように動く。

「いや……そんなことしちゃ……っ……あぁんっ……」

自分らしくもなく、ひどく媚びた声音だと思った。

だが蕩けていく声を抑えられない。

嫌だと口では抗っているのに、身体の力がルイの執拗な愛撫によって抜けていく。

「ん……っ……んぁ……っ……」

舌で蜜路をこじ開けられ、アンジュの腰が揺れる。

「あ……だめ……っ、あ……」

気付けば自ら脚をより大きく開いていた。

「ルイ様、来て……ルイ様ぁ……っ……」

疼く身体を持て余してそうねだると、ルイがゆっくりと秘部から唇を離した。

「そんな声で呼ばれたら、それだけで達してしまいそうです。どうしたんですか？　急に僕に甘えたりして」

ルイは優しくそう言うと、身体を起こしてアンジュの腰を引き寄せた。

「おかしいな、いつも可愛いのに、今夜はそれ以上に貴女が可愛く見える」

ルイの身体は火照り、わずかに赤く色づいて見えた。

アンジュは潤んだ目でルイに答える。

「い、いつもと変わりません」

ルイの機嫌を取れるような言葉は、やはり出てこない。アンジュに言えるのは素っ気ない台詞だけだ。

「いいえ、いつもと違います……肌が真珠のように輝いて、本当に綺麗だ……」

ルイの先端が泥濘に押しつけられる。

「あ」

アンジュはうわずった声を漏らした。これから彼が入ってくるのだと思うだけで、その場所がヒクヒクと震える。

丸みを帯びた肉杭の先端が、ゆっくりと入ってきた。アンジュの蜜襞はその異物を歓迎するように、蜜を滲ませて蠢いた。

「貴女の中に吸い込まれそうです」

「なにも……していないです……」

自分の身体がこれまでとは違って、激しく反応していることは分かっている。でも、恥ずかしくて認めたくなかった。

「いつもより、ずっと気持ちがよくて不思議ですね」

ルイの声はひどく幸せそうだった。その声を聞いてアンジュの身体もますます喜びに火照る。

「じゃあ、もっと気持ちよくなってください」

小声でそう答えると、返事の代わりにこめかみに口づけされた。その間にも、どんどんルイのものが奥深くに入ってくる。

アンジュはルイの背中に腕を回し、そっとさすった。

温かい肌に、美しい身体だ。今自分はこの男と繋がっている。そう思うと強い羞恥心と共に、今までになかった感情がこみ上げてくる。

——あれ……私……嬉しい……？

自分の心の変化に戸惑いながら、アンジュはもう一度自分の思いをなぞる。

——やっぱり嬉しい。どうして？

顔が熱くなった。きっと真っ赤になっているだろう。アンジュはルイの肩に頬ずりすると、引き締まった腰を両脚で挟み込んだ。

より深く抱きつく姿勢になり、最奥までルイの先端が届く。

満足感を覚えると共に、下腹部の疼きが強くなった。さっき口でしたときのようにルイに気持ちよくなってほしい。そう思い、アンジュは慎重に腰を揺する。

咥え込んでいた肉杭がアンジュの襞をぬるぬるとこすった。

甘い刺激を覚えて、アンジュの口から小さなため息が漏れる。

「は……っ……んぁ……」

「アンジュ、そんな風に反応されたら、本当にすぐに果ててしまいます。どうして今夜はいつもと違うんでしょう？　貴女が愛おしくてどうにかなりそうだ」

「……違いません……っ……」

「いいえ、違います。貴女に愛されていると勘違いしそうになりますよ」

――私に愛されている……？

ルイの言葉を聞いた瞬間、蜜路全体がきゅっと窄まった。ますます身体が熱くなり、アンジュはわざと冷たい言葉を返す。

「どう思おうと、お好きに……どうぞ」

そう答えるだけでも緊張して、恥ずかしくて、涙が出そうになった。アンジュはルイを抱く腕に力を込める。

「では今夜の僕は、貴女に愛されている夫だ」

ルイの低い声が、ぞくぞくと身体を震わせる。

「愛しいアンジュ、もっと僕を受け入れて」

ルイの肉杭が、ぐいとアンジュを突き上げた。

ただ一度のその動きで、アンジュの蜜口からは熱い液があふれ出す。

「ん……！」

「可愛い、今日の貴女はどうしてこんなに可愛いんだろう」

ルイはそう言うと、ゆっくりと杭を前後させ始めた。ぐちゅっ、ぐちゅっと生々しい音が辺りに響く。

下腹部が燃え上がりそうな熱を帯びた。

焦らすように動かれて、繋がり合った場所がますます濡れる。

たまらずにアンジュは身体を揺すった。より深く、密に触れ合いたくて、もどかしくなったからだ。

「あ……っ……ああ……、いい……っ……」

涙が出るほどの快感に、アンジュはおもわずはしたない言葉を漏らす。

「僕もいいです。たまりません」

ルイの声はひどく満足げだった。

アンジュを穿つ熱塊はますます硬く反り返り、蜜洞をぎっしりと満たす。

「気持ちいいです……ルイ様……」

囁くような声でアンジュは言った。

ただの楽しみでお付き合いだったはずの行為なのに、いつになく汗だくだった。

自分の汗なのかルイの汗なのか分からない。

――嬉しい……ルイ様……。

もっとルイを身体ごと抱きしめたい。

そう思い、アンジュはルイの腰に痩せた脚を絡めた。身体中が密着し、ルイの汗のにおいをよりはっきりと感じる。

ルイに抱かれていることが嬉しくてたまらない。

こんなに彼に欲情したのは今日が初めてだった。

「もっと乱暴にして……ルイ様……」

ルイにしがみつき、アンジュはあられもないことをねだる。

「いけません、アンジュ、そんなおねだりをされたら、僕は……」

ルイの身体がますます熱くなった。身体を激しく突き上げられ、アンジュは歓喜の声を漏らす。

「あぁぁぁっ！」

ルイに与えられた快楽に押し流されそうになり、思わず滑らかな背中に爪を立てる。荒い呼吸が耳元で聞こえた。

「ああ、アンジュ、もう僕は果てそうです」

「はい……ルイ様」

一滴残らず搾り取りたいとばかりに、アンジュの中が激しく収縮した。アンジュは精一杯の力を手足に込めて縋り付く。

「どうしよう、僕は今日の貴女が、いつも以上に本当に愛おしくて……っ……」

硬く反り返った杭がびくびくと跳ねながら爆ぜる。

下肢（かし）を震わせるアンジュの中に、多量の精が放たれる。

――ああ……いい、っ……。

アンジュの目から涙がこぼれた。肌を合わせてこんなに満たされたのは初めてだ。息を乱すルイの首筋に口づけ、アンジュは背中に回した手に力を込めた。

「なんですか？　今日は本当に甘えてきますね」

ルイが嬉しそうに言うと、アンジュと繋がり合ったままごろりと身体を反転させた。ルイの上に覆い被さる姿勢になり、アンジュは広い胸に縋り付く。

「いつもと同じです」

照れ隠しに、目を合わせずに答える。感じすぎてしまったなんて、恥ずかしくて口が裂けても言いたくない。

「いいえ、違います、別人になった貴女を抱いているようでした」

ルイはアンジュを乗せたまま器用に起き上がると、汗に濡れた身体をぎゅっと抱きしめた。

「いつもこんな風に貴女に甘えられたいな」

しっかりと抱き合ったままアンジュは答えた。

「……甘えた覚えは……ないのですけれど……」

真っ赤になったアンジュにルイが言った。

「今夜も、いつもと同じなんですか？」

「はい」

「では、いつもこんな風に接してくれると嬉しいです」

そう言うと、ルイはアンジュに頬ずりしてきた。悪い気分ではない。いつものようにすぐに離れたりはせず、アンジュはされるがままに身を任せる。

「子どもがいなくても、貴女がいてくれればいい」

「え……？」

アンジュは驚いて顔を上げる。ルイは上気した頬で笑うと、アンジュに言った。

「今の僕にとっては、貴女が一番大事なので」

――私が……？

なんと言葉を返していいのか分からない。

アンジュは視線を伏せ、小さく頷いた。

「ありがとう……ございます……」

胸の中が得体の知れない感情でいっぱいになる。アンジュは再びルイの身体にもたれかかると、ぽつりと答えた。

「私で良ければ、お側におりますわ」

この感情の名前は分からない。

クーレングーシュ家にいたころには抱いたことがない想いだったからだ。

けれどアンジュは今、身も心も満たされていた。

◆

翌日の夜。ルイはこのところ、アンジュのことばかり考えるようになっていた。

気付けば目で彼女を追っている。

結婚した当初は、ただの不幸そうな娘だと思っていた。けれど今の彼女は生命力に満ちあふれていて、真っ暗な水たまりのようなルイの心も明るくしてくれる。

ルイの首を切れなかった彼女。

人を殺すのは怖いと当たり前のように言える彼女。

本当はここを出て行きたかったと率直に認めた彼女。

なにもかもがいい。彼女はきっと、ルイと違って強いのだ。強いから、ルイのようにわざと強がる必要などないに違いない。

——アンジュの言うとおり、もっと人をこの城に呼ぼう。彼女の安全のためにも人脈は築くべきなんだ。

そう思いながら歩いていたとき、ふと背後で少女の声が聞こえた。

「ねえ、お兄様、お風呂に入っていらしたの？」

グシャグシャした影のようなものが話しかけてくる。マルグリットだ。今日は機嫌がいいのか、不気味な声で喚くだけではない。

「なによ、変な顔をなさって」

マルグリットが抗議してきた。我に返ったルイは、慌ててマルグリットに微笑みかける。

「いえ、考え事をしていました。すみません、ぼうっとして」

「結婚してから、すっかり家族に冷たくなったわね」

マルグリットがそう言って、冷ややかな目を向けてくる。

「私もアランもお兄様の態度に不満を持っているのよ、ね、アラン」

マルグリットの声と共に、どこからかマルグリットと同じ姿のアランが現れた。

壁からにじみ出てきたように見えたが、そんなわけはないと思い直す。

「すみません、そんなつもりはなかったのですが」

「兄上は結婚してから、僕たち家族とじゃなくて、お嫁さんとばっかりお話ししてるじゃないか」

弟のアランが、不満げな声でそう訴えてきた。

「剣だってなかなか教えてくれないし。どうしてお嫁さんには教えるのに、僕はのけ者なのさ！　教えてくれるってずっと約束してたでしょ」

「すみません。そうでしたね。どうして僕は、約束を守れなかったんでしょう？」

分からない。

弟との約束はしっかり覚えている。

戦争から帰ったら、剣の稽古を付けてやると確かに言った。なぜ自分はその約束を破ってしまったのだろう。

「これから少しやりましょうか？」

そう切り出すと、拗ねていたアランがたちまち笑顔になった。

「本当？」

「ずるいわお兄様、私もまぜて！」

ルイは笑って、最愛の弟と妹の肩を抱いた。

「分かりました。でももう夜遅いですから、少しだけですよ」

ルイは弟妹を伴って、大広間に向かう。

どこから取り出したのか、マルグリットとアランが、軽量な練習用の剣を手にこちらに向き直る。

「二人とも、張り切っていますね」

そう言ってルイは、先日アンジュとの練習で使った壁の飾り剣を手に取った。

弟妹が可愛くて仕方がない。

どんな姿でも、半分しか血が繋がっていなくても、二人はルイの宝物だ。

「怪我をしないように、剣をお互いに向けてはいけませんよ」

「はい、兄上」

「分かったわ」

二人が頷く。その様子を見ていて、ルイはしみじみと幸せを噛みしめた。

もう戦争は終わった。

我が手を汚し続け、兵たちに大量の血を流させた日々は終わったのだ。

あとはただ、この平和を守って暮らせばいい。

十六になったマルグリットはもうすぐ婚約が決まるし、十二のアランにも憎からず思う令嬢がいるらしい。

——僕はお前たちの幸せな姿が見られれば、それでいいんです。

原因不明の頭痛がしてきた。ルイは歯を食いしばりながら、素振りをしている弟妹の姿を見守る。

「アラン、肩が上がっていますよ」

「はい、兄上！　こうですか？」

弟の姿勢を直しながら、妹の様子も窺う。

そう歳の変わらない女性ながら、アンジュよりも姿勢が綺麗だ。幼い頃からルイの真似をして剣を振っていたおかげだろうか。

そう思ったとき、真面目に素振りをしていた二人が手を止める。

「なに？　兄上」

「今なんておっしゃったの？」

「……僕が、なにか言いましたか？」

不思議に思って首をかしげると、二人は顔を見合わせ、ルイを振り返った。

「アンジュって言ったよ。お嫁さんがいたら、僕たちは消えちゃうんでしょ」

「なにを馬鹿なことを」

「一緒にいたいのなら、もっともっと僕たちのことだけを考えてくれなきゃ」

訳が分からない。なぜアンジュがいたら家族が消えてしまうのだろう。

「二人とも、ふざけていないでちゃんと剣の素振りを……」

言いかけたとき、大広間の扉が開いた。ルイは背後の扉を振り返る。入ってきたのは、アンジュだった。

「ルイ様」

名前を呼ばれた刹那、原因不明の吐き気がうっすらとこみ上げてくる。

「アンジュ……どうしたんですか？」

身体中冷や汗まみれだった。剣を手にしたまま、ルイはアンジュに歩み寄った。

アンジュが穏やかな笑顔でルイに語りかけてくる。

「もう夜更けですわ、お部屋に戻られないから探していたんです」

「すみません、マルグリットとアランに剣を教えていたんです」

肩で息をしながら、ルイはそう説明した。

「具合が悪いんですか？」

そう問われて、ルイは額の冷や汗を拭う。確かにそうかもしれない。

「少し。貧血でも起こしたのでしょうか、すみません」

「じゃあ、剣の練習はおやすみになって」

「大丈夫です、弟たちの剣技を見ているだけですから」

アンジュはにっこり笑うと、ルイに言った。

「お二人はもうお部屋に戻られましたわ」

ルイは背後を振り返る。マルグリットもアランも大広間から姿を消していた。

「本当だ」

茫洋とした気分でルイは頷く。

頭が重い。自分はいつからここにいたのだろう。どうして入浴後にまっすぐアンジュのもとに戻らず、大広間で剣を握っているのだろう。

それは、妹たちに引き留められたからだ。

結婚したからといって、家族に冷たくしないでくれと。アンジュにだけ剣を教えてずるいと。だから……。

「貴女と結婚したことで、二人がやきもちを焼くんです。まだ子どもで……すみません」

ルイは恐る恐るそう切り出す。

どうかマルグリットとアランのことを否定しないでほしい。

二人がもういないなんて、見えないなんて、どうか言わないでほしい。

宝だった。愛していた。たったの十六と十二で命が失われてしまったなんて、そんなことは決してあってはならなかった。罪もない可愛い二人がどんな思いで死んでいったか考えるだけで、苦しみと恐怖でどうにかなりそうだ。

弟妹にはたくさんの幸せが約束されていた。二人の笑顔を楽しみに、血と死にまみれた戦場を生き抜いて帰ってきたのに。

「そうですか。私もマルグリット様やアラン様と仲良くしなければいけませんね」

アンジュの穏やかな答えに、ルイの視界がわずかに歪んだ。

――ありがとうございます、アンジュ。僕の愛する家族はもういない……分かっているのに、いつも分からなくなる。今だって訳が分からない。

床に一滴の涙が落ちた。

「今日はルイ様ももうおやすみください。真っ青ですから」

「……子どもがほしい」

ルイは顔を覆い、呻くように呟く。

アンジュはなにも答えない。彼女の答えを待たずにルイは続けた。

「子どもがいれば、僕は普通に戻れるのでしょうか？」

「今のまま子どもを得ても、マルグリット様とアラン様がまたやきもちを焼かれますわ」

静かに指摘され、ルイは唇を嚙みしめる。

鋭い痛みと共に、日常が戻ってきた。

――また、そうやって、僕に話を合わせてくれるんだ。もうこんな風になりたくない。

貴女と二人で、普通の気持ちで生きていきたいのに……。

どうしても子どもがほしい。

狂った願いを、ルイは必死に押し込める。

今も震えるほど子どもがほしくてたまらない。

家族と過ごす幸せを取り戻したい。誰かに自分を救ってほしい。

ルイは顔から手を放し、震える声で答えた。

「弟妹はもう……いません。いないんです、すみません。僕がどうかしていました。神様は、家族を返してなんて……くれませんでした……」

そんなことはない。家族は側にいる。心がそう叫ぶのを押し殺してルイは言った。

アンジュが青い目でじっとルイを見上げる。

透き通るような、美しい目だった。

「このお城が安全になったら、子どもを作りましょう」

アンジュはそう言うと、冷え切ったルイの手を取って握りしめた。

「え？」

アンジュの意外な言葉にルイは目を丸くした。

気持ちの焦点が、とほうもない恐怖と悲しみから離れて、アンジュに向かっていくのが分かる。

「僕の願いになど耳を貸さないでください」

「いいえ、ルイ様。私もいつかは母親になってみたいです」

「……ありがとうございます、僕に同情してくれるんですね」

情けない声で、ルイはお礼の言葉を口にした。アンジュはもう一度首を横に振ると、ルイの胸に飛び込んでくる。

ルイは驚きで目を丸くした。

彼女から抱擁されるなんて、閨以外では初めてのことだからだ。華奢なアンジュの腕に抱かれて、ルイの頬が熱くなる。

「アン……ジュ……？」

声がうわずるのを抑えることができない。

「別に同情しているわけではありません」

いつもと同じ素っ気ない口調で、アンジュが言った。

「それに適当に話を合わせているわけでもないです……ルイ様の子どもなら、いつか産んでもいいかなって思っただけです」

驚きのあまり心臓が止まりそうになった。

最近のアンジュは可愛いときがあって胸がときめくのだが、こんなに直接心を刺してくるなんて思わなかった。

心臓がどくどくと音を立てている。

自分はまたしても幻を見ているのだろうか。

「そんなことを言われたら、貴女に愛されていると勘違いしてしまいます」

「ご自由にどうぞ」

アンジュの耳がだんだん赤くなってきた。

「本気にしますよ？」

「ですから、ご自由に」

ルイは思わずアンジュの顔を上げさせ、その唇に口づけた。

閨以外の場所で、彼女と唇を合わせるのは初めてだ。

アンジュは抗わずに、真っ赤な顔で口づけに応えてくれる。

まさか、拒まれないとは思っていなかった。嬉しさがこみ上げてくる。

——僕だけが貴女を愛おしく思っているわけではないのですね。

ルイは舌先でアンジュの唇をそっと割った。アンジュは素直に唇を開く。舌先で舌に触れると、アンジュが華奢な肩を揺らす。

しばし舌を絡め合い、ルイは火照った唇をそっと離した。身体も反応してしまって苦しいほどだ。早く治めねばと焦るルイに、アンジュが言った。

「……王太子様に、男の子がお生まれになればいいのですけど」

「ええ、兄上の血筋が安泰となれば、正王妃様の僕への敵意も薄くなるでしょうからね」

そう答え、ルイは大きく息を吸う。なんとか身体の方は治まった。

「ルイ様、今日はもう部屋に戻りましょう」

「迎えに来てくれてありがとうございます、アンジュ」

そう答えたルイの脳裏からは、弟妹のことはすっかり消えていた。

アンジュが側にいてくれると、苦しみの影がどこかに姿を潜める。

最近のアンジュはまるでルイの光のようだった。

第四章　変化

——本当に素晴らしいドレスばかり。

結婚から三ヶ月後、アンジュのもとに大量のドレスが届いた。

「まだパーティ用のドレスが十着、普段着が二十着しかできていないそうです」

「充分すぎます。これでマルグリット様にお借りしていたドレスをお返しできますね」

そう言うと、ルイが曖昧に微笑む。

最近のルイは『家族が見える』と口にすることはほとんどなくなっていた。

どうやら、自分が幻覚を見て、周囲を戸惑わせていることを常に認識し始めたようなのだ。マルグリットのためにせっせとドレスを仕立てさせることもやめたらしい。

——少しずつ心の調子が良くなっているのだといいけれど。

まだ油断はできないと思いつつ、アンジュはドレスを確かめた。

なんとなく緑のドレスに惹かれる。

仕立屋がルイの目の色に合わせてはどうか、と提案してくれたドレスだ。

――夫が持つ色彩に合わせてドレスをまとうなんて、社交界の人たちは贅沢ね。

アンジュは緑のドレスを広げてみる。

非の打ち所がない素晴らしさだ。ドレスの胸部分には金糸で百合の花が縫い取られ、大きく広がった裾に向けては幾重にも真珠とレースがあしらわれている。

――素敵。公爵夫人やコリンヌ義姉様のドレスみたい。

アンジュはクーレングーシュ家にいた頃、よく高級品の管理を手伝わされていた。

一番多かったのは、商人から届いた品を公爵夫人やコリンヌの部屋に持っていく仕事で、ドレスや宝飾品を収納室にしまうのもアンジュの仕事だった。

その仕事を任されていた理由は、『道具』として嫁ぐアンジュに高級品をたくさん見せるためだ。

『高級品を与えることはできなくとも、目だけは養わせたい』

父はそう言って、どんどんアンジュに高級品の管理を任せるようになった。もちろん、ちょっとでも傷つけたり、触れ方が公爵夫人の気に入らなかったりしたら、手ひどいお仕置きが待っていたものだが。

――高級品にはろくな思い出がないわね。

アンジュは無表情に、最高の品だと分かるドレスを一つひとつ確かめる。

――これなんてコリンヌ義姉様が目の色を変えて欲しがりそう。

造花の白薔薇をたっぷりと縫い付けたドレスを見て、アンジュはため息をついた。

「気に入りませんか？」

一緒にドレスを検めていたルイが尋ねてくる。

「いいえ。素晴らしいお品ばかりです」

アンジュはそう答えて、先ほどの緑のドレスを手に取る。

どうせ着るなら、ルイの瞳の色に合わせたこのドレスを着たい。そんなことを考えてしまうのも、アンジュが彼に気を許してしまったせいだ。

――私にも乙女みたいな部分があるのね。

「緑も似合いますよ」

ルイは笑顔になり、ドレスをアンジュの身体に当てた。

「柔らかな青も赤ワイン色も似合います。貴女には派手で明るい色よりも、深みを感じさせる色の方が似合います」

――コリンヌ義姉様と私は似合うものが真逆なのね。

ふとお下がりで持たされたドレスのことを思い出した。

明るい桃色や真っ赤、水色のテカテカしたドレスだ。

あれらもコリンヌが着ていたときは相応のドレスに見えなくもなかった。

無論、本人がしみ抜きもせずに手放すくらいだから、趣味嗜好だけで仕立てて失敗したものにきまっているのだが。

「ルイ様は、私に似合うものがよくお分かりなのですね」

趣味の良さを遠慮がちに褒めると、ルイが笑った。

そして形のいい唇をそっと耳元に寄せてくる。

「貴女を抱くたびに浮かんでくるんです」

「な……！」

真っ赤になったアンジュに、さらにルイが言った。

「絹ならどんな質感のものがいいか、真珠ならどんな色がいいか。貴女のこの柔らかな肌と髪に似合うのは、どんな織りの生地なのか」

恥ずかしい。恥ずかしすぎる。ルイは幸せそうな笑顔で、真っ赤になったアンジュを抱き寄せた。

「奥さんのことを考えているときが、一番幸せですね」

「あ……ありがとうございます……」

春の風が窓から吹き込んでくる。

薔薇も盛りを過ぎ、最近はどんどん暖かくなってきた。

――このまま平和に過ごせればいいのにな。

ルイの腕の中でそう思ったとき、彼が言った。

「そういえば、たくさん招待状が来ていましたね。ですが僕は、あまり人が多いところに行きたくないんです」

「いつもそうおっしゃいますが、なぜですか？」

ルイは人を招くのも嫌いだが、たくさんの人がやってくるパーティにも行きたがらない。色々なことがあって心が疲れてしまったからだろう、と思っていたが、それにしても頑なすぎる。

「とにかくあまり人に会いたくはありません。ちょっと確かめてきます」

「確かめるってなにをです？」

「鏡を……」

ルイはそう言うと、壁に掛けられた鏡を覗き、なにかを考え始めた。

——お美しいのだから自信を持てばいいのに。

アンジュは真剣に鏡を睨んでいるルイを見守る。

いったいなにを確認しているのだろう。不思議に思っていると、ルイがこちらを振り向いた。

「アンジュには僕の父、ピアダ侯爵の肖像を見せたことはありましたっけ？」

「先代様の、ですか？　いいえ。ご家族の誰の肖像も拝見したことはありません」

ルイは微笑むと、アンジュを手招きした。

「母しか紹介していませんでしたよね」

また見えない何かと会話せねばならないのだろうか。

アンジュは覚悟を決め、笑顔で頷いた。

「ご紹介いただけるなら嬉しいです」

「六年前、この屋敷を出て王宮に引き取られる前に、家族全員で一枚描いてもらった肖像画があるのです。良かったら、それを僕と一緒に見てくれませんか」

そう言ってルイはアンジュの手を取った。

――肖像画があるのね。見えないお父様じゃなくて良かった。

アンジュは頷き、ルイに従って歩き始める。

「もう三ヶ月も経つのに、貴女に案内していなかった区画がまだまだありますね」

ルイはアンジュの手を握ったまま微笑んだ。

こうして手を繋いでいると心が温かくなる。結婚当初は他人のような夫だったはずなのに、ずっとこの大きな手を握っていたくなるから不思議だ。

「西の塔に肖像画があるんです」

「え……？」

西の塔はほとんど誰も立ち入らない物置だと聞いている。

あんなに家族を大事にしているルイが、なぜそんな場所に大切な肖像画を置き去りにしているのだろうか。

「誰にも見せたくなかったので」

——どうして？

疑問に思いながらもアンジュは頷く。

西の塔に入る扉は、厳重に施錠されていた。

ルイが懐から取り出した鍵で扉を開ける。

「階段、少し暗いですから気をつけて」

アンジュは頷き、ルイに手を取られたまま階段を上り始める。

すこし埃っぽい場所だった。三階まで階段を上がると、ルイは扉を開けて廊下へと進んでいく。短い廊下の突き当たりに、これまた閂を掛けられた部屋があった。

「どうしてせっかくの絵を飾らないんですか？」

ルイは答えずに扉を開けた。そこはそれほど広くない部屋で、壁の中央に一枚の絵が掛けられている。絵がよく見えずにカーテンを開けると、埃が舞った。アンジュは窓を開け、掛けられている絵を振り返った。

「僕が守りたいのは、家族なんです」

そう紹介され、アンジュは曖昧に頷く。絵に描かれていたのは美しい男女と、三人の子どもたちだった。

「これがルイ様で、こちらのお二人がマルグリット様と、アラン様なのですね」

「はい、可愛いでしょう？」

「二人ともルイ様によく似ています。お母様に似たのですね」

肖像画の中で微笑む夫人は、国王が側妃にと熱望したのも無理はない美しさだった。ルイによく似ている。

――上手な絵。

そう思いながら、アンジュは長身のピアダ侯爵の肖像に目をやる。

こちらもはっと目を惹くような美丈夫だった。お似合いの夫婦だと思いながらルイを振り返る。

「せっかくですから、やはり外に飾りませんか？」

「この絵を見ても、貴女はなにもおかしいとは思わないですか？」

アンジュは頷いて、もう一度肖像を振り返る。

「いいえ。それにしてもなんて綺麗な絵。もしかして傷むのがお嫌だから、こうして暗い部屋に保管なさっているのでしょうか？」

「違います。家族のことを勘ぐられるのが嫌で」

ルイはそう言うと、ピアダ侯爵の絵を指さす。

「最近、自分が似てきたように思うのです。僕を育ててくれた父、ピアダ侯爵に」

アンジュは首をかしげる。

絵では分からないが、確かに精悍な顔立ちはどことなく似ているようにも思えた。

「どうですか？　貴女から見て僕とピアダ侯爵は似ていますか？」

絵とは微妙に違う場所を差しながら、ルイが尋ねてくる。

——侯爵様、今はそこにいらっしゃるのね、ルイ様の中では。

アンジュはルイを刺激しないよう、ゆっくりと首を横に振った。

「ごめんなさい、今ちょっと、お義父様が見えないみたいです」

「そうでした。父はもういません……失礼しました、アンジュ」

ルイが悲しげに言う。

——私のほうも、あんまりルイ様の妄想を否定しないようにしよう。

アンジュは笑顔で話を合わせた。

「ピアダ侯爵様に似るのは悪いことではありませんわ。きっと侯爵様の良き教えがルイ様の中で生きている証拠です」

「ありがとうございます。ですがそうではなく、僕は両親の罪が暴かれてしまうことを恐れているのです。僕は、ピアダ侯爵と母の不貞の子なので」

突然の告白にアンジュは目を見張る。

「は……い？」

啞然とするアンジュに、ルイはやるせない微笑みを浮かべて言った。

「母は嫁ぐ少し前に、父と過ちを犯したのだそうです。そして僕を宿したことに気付かぬまま、王子として僕を産みました。疑った人間はいなかったそうです。僕は母によく似ていますから……でも母は、生まれてすぐの僕を見て、ピアダ侯爵の子だとすぐに分かったそうです。あくまで母の勘、だそうですが」

アンジュは思わず肖像画を振り返り、ピアダ侯爵の容姿を確かめる。

面影があるかと問われれば、ないとも言いきれない。絵からは判断できない。

「その後、陛下は母を気に入り、毎日のように母を召したのだそうです。それでも、僕を産んで二年、母は一度も身籠もらなかったと言っていました。その後父と再婚して、マルグリットとアランを産んだにもかかわらず」

――それって……国王陛下との間に子どもができなかったのは、ルイ様のお母様のせいじゃない、ってことよね……。

ルイの言わんとしていることに気づき、冷や汗が出てきた。

「でも国王陛下には、王太子様がいらっしゃいます……し……？」

国王の実子はルイと王太子の二人だ。だから国王が子どもが作れない身体のはずがない。

そう言いかけて、アンジュは恐ろしい可能性に気付いた。

王太子もまた、国王の子ではないのではないか、という可能性だ。

——危険な話になってきたわね。

ルイが神経質にこの絵を隠している理由が分かった。

ピアダ侯爵とルイが似ている、と言い出す人間がいたら困るからなのだ。

「人前にあまり出たくないのも、僕の血筋を疑う人間がいたら嫌だからなのです。他にもただ単に、誰にも会いたくない気持ちもあるのですけれど」

「結婚式では、誰もなにも言いませんでしたわ」

「ええ、皆は僕を母似だと言いますからね」

——たしかに。王家を追い出されたあと、自分を一途に愛していた大富豪の侯爵様に嫁ぐなんて伝説的だもの。皆がお義母様を話題にしたくなるのも分かるわ。ルイ様の美貌も『かの有名な母君譲りだ』って真っ先に思うことでしょう。

アンジュは改めて、絵の中のルイの母を見つめた。

傍らのルイ同様、夢のような美貌の持ち主だ。

——お母様が有名すぎるから、ピアダ侯爵のほうには注目が集まらなかったのね。

アンジュはもう一度ピアダ侯爵の姿を見つめる。

やはり、絵からはそれほど似ているとは思えなかった。

侯爵本人に会えていれば、また違った感想を持てたかもしれないが。

「気になるなら、絵は無理に飾らなくてもいいと思います」

「アンジュ、貴女は王太子殿下の出自についてどう思いますか？　僕同様に、陛下の血を引いていない可能性があるとは思いませんか？」

アンジュは一瞬言葉に詰まり、ルイをじっと見上げた。

「そのようなことは、口にしないほうが身のためかなと」

あまり危険な話題に踏み込みたくない。

そう思いながら告げると、ルイはうっすらと笑った。

「貴女らしい。ですが僕はそう思いません。最近はとくにそう思わなくなりました」

「ルイ様？」

「先日だって襲われたのです。正王妃様はどれだけ僕が憎いのでしょう？」

——あ、ああ……あのとき。

アンジュは赤い顔になって思い返す。

数日前、まさにルイに抱かれようとしたときに襲われて、大変だったのだ。

ルイは勃ったままでは戦えないと言うし、なんとかしたらしたで、戦いの余韻で興奮状態になり、明け方までアンジュを抱いて……。

——他の人が知ったら呆れ果てるような行為よね。あんな状況下で。

耳まで火照らせているアンジュにルイが言う。

「貴女を危険に晒してはおけない。僕は僕たちの安寧のために動こうと思います」

「ルイ様、なにをなさるおつもりですか？」

ぎょっとして尋ねると、ルイは穏やかな笑顔のままで言った。

「たいしたことではありません。ここを、貴女が安心して子どもが産める場所に変えたいだけなんです。両親もそうしたほうがいいと言ってくれていますし」

アンジュは笑って首を横に振る。

「王太子様にお世継ぎが生まれるまでの我慢ですわ。それに、社交だってやり直しているじゃありませんか。少しずつ状況は良くなると思いますから焦らないでください」

そう言って、アンジュは背伸びしてルイの頬に口づけた。

頬を染めたままルイを見上げると、彼は尋ねてきた。

「もしも僕が本物の王子でなかったとしたら、貴女はどうしますか？」

「それは……多少の苦労でしたら、一緒にしても構いませんけど」

もしルイの出生が疑われる日が来たとして、彼がどんな罰を受けるのかは分からない。

だが、今の言葉はアンジュの本心だった。

——自分のことしか考えていない私から、こんな言葉が出てくるなんて。

なんとなく気まずい思いでアンジュは口をつぐむ。

「ご母堂と外国に逃げたかったのでは？」

冗談めかして尋ねられ、アンジュはつんとすまして答える。

「そんな計画もしていましたけれど、母は安全なところにいるのでしょう？　ならば私はルイ様のお側でお仕えします」

「たまにはもっと甘い言葉を聞きたいな」

　ルイの大きな手が結い上げたアンジュのほつれ毛をかき上げる。

　胸が高鳴り、アンジュは思わずルイから目をそらした。

「僕をどう思っているのか教えてください」

「べ……別に……良い夫だと思っていますけれど」

　アンジュは真っ赤になったまま早口で答える。

　ルイが長い腕を伸ばしてアンジュをぎゅっと抱きしめた。

「良い夫か、嬉しいです。母も父をそう言っていました。世界一良い夫だと。他には？」

「あ……えっと……あの……ルイ様を大事にしたいと……私なりに思っています」

　全身が心臓になったかのようだ。どくどくという鼓動の音がひどく大きく聞こえる。

「ありがとう。だけどそれだけでなく、僕を愛してほしいんです」

　はっきりと言葉にされ、アンジュはあまりの羞恥心に、ルイの服の袖をぎゅっと握りしめてしまった。

「は、はい」

　そう答えるのが精一杯だ。このままでは心臓が爆発してしまう。

「言葉にしてください」

「は、はい……愛して……います……」

蚊の鳴くような声でそう口にし、アンジュはルイに縋り付く。言葉にしてみたら、自分の気持ちの輪郭がはっきりと見えて、ますます羞恥心が増した。

「可愛い。まだこんな明るい時間なのに、貴女を抱きたくなってきました」

「いけません、昨夜だってあんなに……」

ルイの掌が、ドレスの上からアンジュの腰を撫でた。

それだけで、身体がぞくりと震える。脚の間がひくひくとうごめき、わずかに濡れたのが分かった。

戸惑うアンジュの唇に、ルイの接吻が降ってくる。

アンジュはうっとりと目をつぶってその口づけを受ける。開けたカーテンからさんさんと午後の日差しが差し込み、アンジュとルイの姿を照らし出した。

「この幸せ、見せつけたいですね」

「え……？」

口づけに身を任せていたアンジュは、ルイの言葉に驚いて顔を上げた。

「み、見せつけるって誰にですかっ？」

「無論、僕を良く思わない者たちにです。僕の不幸を願い、踏みにじってきた奴らに、僕がこんなにも幸せだと知らしめてやりたくなる」

　そう言って、ルイがうっすらと笑みを浮かべる。

　身構えるアンジュにルイが言った。

「正王妃様に、これ以上の干渉はお控えいただきたいと申し上げましょう」

　アンジュは首を横に振る。

「話し合いは無理だと思います。正王妃様は、理屈抜きで優秀なルイ様を憎んでおいでなのです。クーレングーシュ公爵家に閉じ込められていた私でさえ、その噂は知っていましたもの」

「ええ。あの方は僕が生まれたときから、僕と母が憎いらしいので」

「だったらなおさら話し合いなどせず、王太子様に男の子が生まれるのを待つしかないじゃないですか。その間にしっかり社交をしてルイ様のお立場も固める。それが一番です」

「話し合いをするなんて誰が言いました？」

「ルイ様？」

　アンジュの手を取り、ルイが優しい声で言う。

「貴女もご存じの通り、僕は会話が通じる相手としか話をしないと決めています」

「じ、じゃあ、正王妃様になにをしようと……？」

「静かにしていただこうかなと」

にっこり笑うルイを見上げ、アンジュは心の中で叫んだ。

――なにか企んでる！　ルイ様に危ないことをさせちゃ駄目だわ！

不信の思いも露わに睨み付けると、ルイがおかしそうに笑った。

「僕は少しでも早くここを安全な場所にしたいだけです」

「絶対に、正王妃様に干渉はしないでくださいね」

「ええ」

ルイは明らかに口だけと分かる表情で、そう答えた。

本当に危ないことをしてはいけない、と念を押そうとしたとき、ふいにぐらりと視界が揺れる。思わず額を押さえると、ルイが驚いたように尋ねてきた。

「どうしました、アンジュ」

「ごめんなさい、軽い目眩が」

この生活にもようやく慣れて、疲れが出たのかもしれない。

食事をもらえなかった昔はもっとふらふらだったから、とくに気にはならなかった。

「大丈夫ですか？」

「はい」

アンジュはルイに微笑み返す。

そのとき窓から、作っている途中の昼食の匂いが漂ってきた。

——あ……美味しそ……あら？

微笑みかけたアンジュは、突然嫌悪感を覚えて口元を覆う。

この匂いは嫌だと思ったとき、ルイが言った。

「部屋に戻りましょうか、顔色もなんだか悪いですし」

「あ、は、はい」

喉の奥に嫌悪感が貼り付くような感じがする。アンジュの額に冷や汗が滲んだ。

——あれ？　本当に貧血かも……少し休んだ方がいいのかな。

妙な身体の重さを感じながら、アンジュはルイについて塔の部屋を後にした。


——身体がおかしいわ……。

アンジュの体調は、日に日に悪化していった。

食べたくない、眠れない、頭が痛い。どれをとっても病気とまではいかないのだが、とにかく身体が重く熱っぽいのだ。そして気分が悪い。

——どうしたんだろう？　ルイ様が心配してるし、早く治さなくては。

頭が働かず、ルイの知人への手紙の管理もままならない。

――どうしよう。明日はロンバルデ公爵家にお招きされているのに。初回のご訪問でこんなにふらふらだったら心証が悪いわ。

着替えたはいいものの、椅子から立ち上がることがなかなかできない。気合いが足りないのだと自分に言い聞かせたとき、マイラが遠慮がちに医者と共に入ってきた。

「妃殿下、あの……」

「お医者様には診てもらわなくても大丈夫よ。ちょっと調子が悪いだけだから」

青い顔でアンジュは断った。

「月のものは来ておられますか？」

医者の問いにアンジュは首を横に振る。

「いいえ。恥ずかしい話だけど、実家では栄養失調でずっと止まったままだったの」

なにを聞かれているのだろうと首をかしげると、医者が難しい顔で言った。

「妃殿下は避妊薬を服用されているのですか？」

「ええ」

「あの薬は必ずしも毎回効くわけではないので、過信しないでください。それでは、お脈を拝見いたします」

――え……？　必ず効くわけじゃないの？

そのとき、医者の付けている香水の匂いで耐えがたい吐き気がこみ上げてきた。

「う……」

アンジュは医者から顔を背け、口元を覆ってなんとか堪える。

——だ、だめ、なに、この匂い？　気持ち悪い！

蒼白になったアンジュの身体を支え、医者が尋ねてきた。

「お食事は摂れていますか？」

アンジュは無言で首を横に振る。

暑くなってきたから食欲がないのだと思っていたが、昨夜はスープを口にしただけだ。

今朝は食堂に行く気にもなれなかった。

「食事はあまり……ごめんなさい、駄目、その香水の匂い」

アンジュはたまらず部屋を飛び出す。

そして窓を開けて肩で息をした。

このところ匂いで気分が悪くなりがちだと思ってはいたが、こんなに気分が悪くなったのは今朝が初めてだった。

「おそらくつわりでしょうね、ご懐妊なさっている可能性が大きいです。お大事になさって経過を観察しましょう、妃殿下」

あとを追ってきた医者が、少し離れた場所でそう宣言した。

アンジュは驚いて振り返る。

マイラがニコニコしながら、アンジュに言った。

「私もそう思いますわ。私の姉も子どもができたときはそんな感じでしたの。顔色が良くありませんから、どうかお休みくださいませ」

思考が付いていかないまま、アンジュは頷く。

——赤ちゃんが私のお腹に？

腹部に手を置いてみた。肉付きが多少良くなったといえばその通りだ。よく食べていたからだ。でもまだ外見上はなにも変わらない。

ここに人間がいるとは思えず、実感も湧かなかった。

呆然としたままアンジュは言う。

「……今からルイ様にご報告するわ」

自分のことより、不安定な彼にこの妊娠でどんな影響が出るのかが心配だ。

「妃殿下、無理なさらず寝台に」

「いいえ、大丈夫」

アンジュはふらつく身体を叱咤しつつ、ルイのもとに向かう。

最近のルイは、執務室で領地関連の仕事をしていることが多い。なにもかもに背を向けていた新婚当時とは、少しずつ変わってきている。

「ルイ様」

「どうしました、アンジュ。顔色が良くないですから、休んでいてください」

書類を書いていたルイが顔を上げる。

「私、子どもができたかもしれません」

ルイがペンを持ったまま手を止める。

書類にインクの染みが広がり始め、アンジュは慌てて彼の手からペンを取り上げた。そして言い訳のように早口になる。

「お腹が出てこないと正確には分からないのですが、避妊薬が効かないこともあるんだそうです。どうしましょう、ルイ様。妊娠が原因の体調不良だったら、ロンバルデ公爵家にはお邪魔できそうにありません。馬車には乗らないほうが良さそうですし」

ルイはなにも言わない。

「そんなわけで、しばらく経過を観察します」

アンジュは言い終えてペンをルイの手に返した。

ルイはまだなにも言わない。

「聞いていらっしゃいました？　あまり体調が良くないので、明日の予定はどういたしましょう？」

「……です」

「え？」

ルイはよろめきながら立ち上がると、そっとアンジュを抱きしめた。

「嬉しいです……」

抱きしめられているので表情は見えないが、ルイの声は震えていた。

──ぬか喜びさせすぎてまたおかしくなられても困るわ。

アンジュは念のため、ルイに釘を刺した。

「まだ確実には分かりません。妊娠の兆候が出ているだけなので」

ルイは身体を離すと、涙の溜まった目で微笑みかけてきた。

「それでも嬉しいです」

「自覚症状しかないので、本当に子どもができたかは分かりませんからね」

「ああ、アンジュ。貴女と僕の間に子どもがやってきてくれるなんて。薬が効かないことがあるなんて知らなかったんです、すみません」

「いいえ、わざとなさった訳ではありませんから」

アンジュは赤い顔で目をそらす。

相変わらず気分が悪いが、心は明るく弾んでいた。

ルイが涙ぐんで妊娠の可能性を喜んでくれたからだ。

「僕は子どもが欲しかった」

「知っています」

「昔から欲しかったんです。大人になったら絶対に親になりたいと思っていました」

――そうなんだ……今までは、家族を失って寂しいから、辛いから子どもが欲しいとおっしゃっていたのに。

意外に思いながらアンジュは言った。

「ルイ様にそんな夢があったとは意外でしたわ」

「そういえば、話したことがありませんでしたね。僕は子どもが好きなんですよ。弟妹が生まれたときも本当に嬉しかった。といっても、マルグリットが生まれたとき、僕はまだ三歳でしたけれどね」

ルイは充血した目で微笑むと、アンジュの額の髪をかき上げた。

「明日の予定は僕だけで訪問します。その代わり貴女の体調が良くなったら仕切り直したいと相談して、お詫びの品を贈っておきましょう」

アンジュは頷いて答えた。

「ありがとうございます。体調は、しばらく様子を見てみます」

窓から厨房の匂いが漂ってきた。

食べ物の匂いを感じるたびに、胸が異様にむかむかする。

こんなにも急に体質が変わるのはおかしいから、おそらくは本当にお腹に子どもがいるのだろう。

——人間の身体って不思議。

そう思った瞬間、初めて少しだけ嬉しくなった。

この城は安全とは言えないが、我が子は自分とルイから愛され、守られて育つことができるのだ。

——ここで子育てするのは正直大変だと思うし、想定外だったけれど、生まれてくるからには二人で守ってあげなくちゃ。

ほのかな幸せがアンジュの胸に広がった。

「そうだアンジュ。僕は今日の午後、ちょっと出掛けてきますね」

「どちらへ？」

「知人の家です。夕食までには戻りますから心配しないでください」

——どなたのところかしら？　自分から出掛ける気になったのならいいことだわ。

アンジュはそう思いながら、ルイの言葉に頷いた。

◆

——これから、アンジュと子どもが安心して暮らせる場所を作ろう。

ルイの心にあるのは、ひたすら喜びだけだった。

こんなにも心浮き立つのは久しぶりだ。自分とアンジュの間に子どもが生まれるかもしれないと思うと、足取りが弾む。

幼い頃にマルグリットと共に庭を駆け回った記憶、生まれたばかりのアランを抱きしめ、頬ずりした記憶が次々に蘇ってくる。

あの頃はなんと喜びに満ちた日々だっただろう。心から家族を愛していた。

ずっとあの日々に帰りたかったけれど、これからはアンジュと子どもを愛して生きていくことができるかもしれないのだ。

子どものことを思っても、いつもの血が干上がるような渇望感は湧き上がってこない。ただ温かな喜びだけがルイの心を満たしていく。

——僕は、家族を守りたい。もう失いたくない。

ルイは滲む涙を指先で拭い、『宝飾加工承ります』と書かれた看板の前で足を止めた。

「ん？　珍しいじゃないか。あんたが直接ここに来るなんて」

ルイを出迎えたのは、エサントという宝飾職人だった。

年の頃は四十前だろうか。背が高く、隙のない表情の男だ。

工房はとても大きく、繁盛している様子だ。この工房では貴族に納める品も多く手がけているという。

だがそれは表向きの顔である。裕福な彼が持つ大きな工房の奥には、もう一つの『仕事場』がある。それを知るのはごく一部の人間だ。

彼は『加工屋』である。

金銀宝石だけでなく、人間の身分も情報もなんでも『加工』する。

高価な宝石や貴金属を扱うから、という理由で人の出入りを歓迎していないのも、もう一つの仕事を隠すのにちょうどいいのだろう。

「僕と王太子殿下の出生について、面白おかしく噂を流してくださいませんか？」

「王太子殿下だけじゃなく、あんたまで……？」

「ええ、『ルイも王太子殿下も、国王陛下の子ではないのではないか』と」

「だけど、それはあんたにとっちゃ不利な話だろう？　いいのか、本当にそんな噂を流してしまっても」

「気が変わったんですよ」

これまでは、父母の不貞について探られるのを絶対に防ごうと思っていた。

国王が子どもの作れない身体だとされれば、当然母も疑われるからだ。

けれどルイの家族はもういない。いない人間を罰することはできないし、問いただすこともできない。

「それからこんな手紙があるんです」

ルイは一通の手紙を取り出した。古ぼけた便せんには、流麗な女性の文字で『愛しい人へ』と書かれている。

手紙を書いたのはルイだ。人の筆跡を真似るのは得意である。この手紙も、ルイに嫌がらせの手紙をやたらと送り付けてきた正王妃の手蹟に見えるだろう。

「誰の秘密の恋文だ？」

「これは、僕が書いた落書きですよ」

笑顔で告げると、エサントが難しい顔になる。

「……これをどう『加工』しろと？」

エサントの言葉に、ルイは微笑む。

「この先、僕がいつもの方法で連絡したら、『この手紙がクーレングーシュ家から流出した』という噂と共に、大々的に広まるようにしてほしいんです」

「いつ頃だ？」

「半年後か、もう少し先でしょうか？」

「なるほど、だいぶ先だな」

エサントはルイから手紙を受け取り、頷いた。

「ご注文通りに『情報加工』の準備を進めておくよ」

「ありがとうございます。支払いはいつもの方法で。ところで彼女は元気ですか？」

「ああ、顔を見ていくか？」

ルイは頷き、エサントに従って歩き出す。広い工房を抜け、片隅にしつらえられた小さな扉をくぐると、その先は地下へと続く階段だった。

地下からも活気に溢れた声が聞こえてくる。こちらも工房なのだ。ただし地上部分の半分ほどしか広さはない。そこを通り過ぎると急に人の気配がない空間になった。

「ジャンヌ」

エサントが妙に優しい声で名を呼んだ。突き当たりの扉が開き、女が姿を現す。

「あなた」

笑顔で駆け寄ってきた美しい女が、ルイの姿を見て立ちすくむ。

――エサントは預かり物に手を出さないと思っていたのに。まあ……アンジュのご母堂だけあって魅力的だから仕方ないな。

ルイは他人事のように思いながら、アンジュの母の手を取って口づける。

「お久しぶりです。お元気なお顔を拝見しに来ました」

「殿下、アンジュは……」

「元気に暮らしていますよ。今では妃としてしっかり僕の城を仕切っています。もう少し状況が落ち着いたらお連れしますね」

アンジュの母の大きな目に涙が浮かぶ。

「ありがとうございます」

「ところで、お二人は今、どのような関係なのですか？」

率直に尋ねると、エサントとアンジュの母がはっとしたように顔を見合わせた。

エサントがアンジュの母を背に庇いながら言う。

「ジャンヌはなにも悪くない」

どうやらこの男らしくもなく、本気になったらしい。ルイは思わず笑い出す。

「なにがおかしい？」

「いえ、アンジュはいつも義母上を心配していますから、幸せそうで良かったと思っただけです。クーレングーシュ家で暮らすよりもずっと良いと思います」

ルイの言葉に、アンジュの母がほっとしたように表情を緩めた。

「あの、アンジュには私から話したいのですが」

「もちろんそうなさってください。アンジュには話さないでおきます。では、また」

ルイはそう言いおいて、工房を後にした。

辻馬車を拾い、ゴーテ城に帰り着く。

アンジュは気分が悪くて休んでいると説明してくれたマイラに、ルイは言った。

「マイラ、貴女に久しぶりに『仕事』をお願いしたいのです」

「殺し……ですか？」

マイラが驚いたように目を丸くする。

「久しぶりですわね。標的はどなたでしょう？」

ルイはマイラの耳に、殺してほしい相手の名前を耳打ちした。

「……今すぐですか？」

「いいえ、だいぶ先の話ですが、とある醜聞が娯楽誌に出る予定です。そのときに決行をお願いします。詳細はあとで詳しく説明しますね」

「かしこまりました。お任せくださいませ」

――うまくいけば、一人殺すだけで僕たちの敵を全員潰せる。こんなに良心的で必要最小限度の報復があるだろうか。

そう思いながら、ルイはマイラに頷いた。

「これで余計な火の粉は全部払えるはずなのですが」

第五章　必要最小限度の殺人

ゴーテ城に冬が訪れた。

妊娠は誤診ではなく、アンジュのお腹は今やはち切れんばかりにせり出している。

──平和だわ……。

アンジュの尽力もあってか、孤立していたルイの人間関係は復活し、夏の終わりあたりから、この城にはたくさんの客人が顔を見せるようになった。

そして日に日に大きくなるアンジュのお腹を祝福してくれたものだ。

──本当に、私の人生とは思えないほど平和。

アンジュがルイの寵愛を得ていることは、すっかり社交界に広まっている。

おかげで面と向かって身分の低いアンジュを罵倒するような人間はおらず、落ち着いた妊娠期間を過ごすことができていた。

──なにもかもが順調すぎるのだけど!?

だからこそ、不安にならずにはいられない。

なぜこんなに平和なのだろう。

ルイは幻の家族と喋ることはなくなり、社交も順調で赤ちゃんもすくすくと育って元気だ。そのうえ正王妃もほぼ刺客を送ってこなくなった。

これが普通なのだが、結婚当初を顧みると『平和すぎる』のである。

釈然としない思いで、アンジュは卓上の新聞を手に取る。

――正王妃様がおとなしくしておいでなのは、この醜聞のせいね。

この醜聞というのは、とつぜん大衆紙を賑わせた王子二人の出生問題だ。

国王には、王太子とルイ以外の子どもがいない。

ゆえに『子どもを作れない身体なのではないか』と、世間で囁かれ始めているらしい。

国王はこれまで数多くの愛妾を抱えたが、彼女たちは誰一人子どもを産まなかったからだ。

――もしもこの噂が事実なら、ルイ様はおろか、正王妃様が産んだ王太子様までもが、国王陛下の子どもじゃないってことになる。大事件どころの騒ぎじゃない。

ルイが事態を静観している一方、正王妃は火消しに躍起になっている。

この噂をちょっとでも口にしたものは、王室庁から厳しい叱責を受けているらしい。

ゴーテ城に遊びに来た客がそう教えてくれた。

王宮で行われる催しの場でも、正王妃は今までと違って遠巻きにされているようだ。

そこに寄り添っているのが『大親友』のクーレングーシュ公爵夫人であるという。

――この状況でルイ様や私を殺したら、正王妃様はますます悪目立ちするものね。だから今は保身に走っているんだわ。でもどうして、この時期にいきなりこんな醜聞が社交界を席巻したんだろう？　やっぱりルイ様が怪しすぎるんですけど？

アンジュはちらりとルイの様子を窺う。

どんなに問い詰めてもルイは『なにもしていません』としか言わないのだ。

すっとぼけているのか、本当に無関係なのかは分からない。

――私ごときがどうこうできる人じゃないのは分かっているけれど、それでもなにをしたのかは聞き出したいわ。

腕組みをしたとき、ルイが満面の笑顔で話しかけてきた。

「赤ちゃんの様子はどうですか？」

「今日も元気に動いていますわ」

「良かった。この子が元気でいてくれると思うと、僕まで元気がみなぎってきます」

ルイは優しい手つきでお腹に触れる。動き回っていた赤ちゃんがぽこりとアンジュのお腹を蹴った。その感触がルイの手にも伝わったようだ。

「僕の声がこの子にも聞こえているんでしょうか？」

「話しかけてくださると動きますから、聞こえているのかも」

アンジュはルイと目を合わせて微笑む。

妊娠も終盤にさしかかってお腹は重いし、たくさん食べられないし、些細な動作も苦しいしで大変だが、赤ちゃんに会えると思うと本当に楽しみである。

しかし、やはり、何事もうまく行きすぎていることが引っかかってならない。

アンジュはたまらずにまたもルイに尋ねた。

「……あの、ルイ様、この娯楽誌に載っている国王陛下の噂なんですけど、本当にルイ様はなにもなさっていませんよね？」

「何度も言いましたが、この醜聞では僕も被害者なんですよ？　自分が王子ではないなんて噂を流してどうします？」

「それもそうですけど」

アンジュの脳裏に、ナイフを摑んで自分の首を切らせようとしたルイの姿が浮かぶ。

ルイの思い切りの良さは普通ではない。

自分の思い通りの展開にするためなら、傷つくことなどなんとも思っていなそうだ。だから心配なのである。

「ああ、赤ちゃんが動いていると可愛くてたまりません」

ルイがぽこぽこと動くお腹に手を当てたまま言う。

アンジュはルイの大きな手に己の手を重ねた。

――最近は本当に、別人のように落ち着かれて逆に不安だわ。赤ちゃんが無事に生まれるかも心配だけど、一番心配なのはルイ様なんですけど？

我ながら取り越し苦労の絶えない人生だ、と思ったとき、部屋の扉が叩かれた。

「ジュニト・ド・ロンバルデ様がお見えになりました」

ルイがアンジュのお腹から手を離し、首をかしげる。

「約束していましたっけ？」

「近くを通りがかったので、良ければ立ち寄らせてほしいとおっしゃっています」

ルイは笑顔になり、扉に向かって歩いていった。

「無論です。アンジュ、ジュニトを迎えに行ってきます」

アンジュは頷き、やたらと元気に動き回るお腹をさすった。

産婆の見立てでは、おそらくもう臨月らしい。生理不順で出産予定日が推定できなかったのだが、いつ生まれてもいいように支度はすませてある。

あとは生まれるのを待つだけなのだが、なんだか落ち着かない。

――私自身が平穏な人生を歩んだことがないから、こうやって不安になるのよね。そうよね……何もないわよね
うろうろしていたアンジュは、マイラの声で顔を上げた。

「妃殿下、居間でジュニト・ド・ロンバルデ様がお待ちです」

ジュニトはルイの重要な友人だ。訪ねてくれたことを歓迎せねばならない。

アンジュはマイラに先導され、大きなお腹を抱えて居間に向かった。腰が痛い。このところ前駆陣痛なのかお腹や腰の痛みが続いている。

――生まれるなら近いうちに生まれてほしいな、今ならまだ問題は起きていないから。

そう思いながらアンジュは居間の扉を叩いた。

「失礼いたします、アンジュです」

扉が開き、ルイが笑顔で出迎えてくれた。ジュニトも精悍な顔に笑みを浮かべ、アンジュの手に口づける。

「そんなお身体のところ、突然押しかけてしまってすみません」

どうやらジュニトは、ルイとアンジュに話したいことがあったらしい。彼の手に真新しい娯楽誌が握られている。

ここ十年ほどの娯楽誌の台頭ぶりは凄まじく、王家や貴族が槍玉に挙げられることが多い。また、国民もその醜聞を好んで取り入れようとする。

無論王家は厳しく規制しているが、過剰に取り締まろうものならば、市民集団から『言論の自由まで取り上げるのか』と激しい反発を受けることも少なくない。

よって貴族たちは『醜聞のネタになりたくない』と戦々恐々としている有様だ。

――また新しい醜聞が発表されたのかしら？

「なんですかジュニト、この雑誌は」

ルイの質問に、ジュニトが困ったように答えた。

「もうすぐ発売になる娯楽誌なんだ。うちが所持している工場で刷っているんだが、その見本誌の記事にとんでもないものを見つけて」

ジュニトはそう言うと、アンジュに雑誌を差し出してきた。

「この娯楽誌で、妃殿下のご実家が話題になっておりまして」

「私の実家ですか？」

クーレングーシュ家が一体どうしたというのだろう。少し嫌な予感がしながらも、アンジュはジュニトが差し出した雑誌を受け取った。

「なにが書かれているのでしょう？」

ルイが不思議そうに覗き込んでくる。アンジュは彼と一緒に印刷されたばかりの雑誌をめくった。

『裏切られた友情！　クーレングーシュ公爵夫人、親友の手紙を雑誌社に売る？』

巻頭に踊る見出しは、よくある大貴族への揶揄（やゆ）だった。

クーレングーシュ家はコンスタン王国でも金遣いが荒いことで有名で、庶民からの反感を買っている。だから娯楽誌で面白おかしく取り上げられることはよくある。特に公爵夫人の贅沢ぶりは知らぬ者がいない有様だ。

――公爵夫人が親友の手紙を売った？

アンジュはさらにページをめくる。

そこにはこう書かれていた。

『クーレングーシュ公爵夫人、親友だったとある貴婦人の恋文を雑誌社に売り払う。彼女は秘密の恋人に届けてほしいと託された恋文を、あろうことか弊社に持ち込んだのだ。公爵家の資金繰りが苦しいと言われる昨今、友情は金に換えられたのか？』

アンジュの知る公爵夫人は性格が悪かった。だが社交界での立場が悪くなるようなことをするほど愚かでもなかったように思う。

――本当なのかしら、この話。

考え込むアンジュに、ジュニトが言った。

「クーレングーシュ公爵夫人の『親友』といえば、有名な方がお一人いらっしゃいますよね？」

「正王妃様ですか？」

「はい。この記事は、クーレングーシュ公爵夫人が預かっていた正王妃様の恋文を、金に換えるために売り払ったという内容なのです。しかもその恋文の内容というのが……」

ジュニトはアンジュから見本誌を取り上げ、とあるページをめくって差し出してきた。

アンジュは目を丸くする。

『どうか、離縁した私を、サティネ妃のように迎えてください』

誌面には大きな文字でそう書かれていた。

サティネ妃というのは、ルイの母親の名前だ。彼女は国王に離縁されてすぐ、過去に熱愛関係にあったピアダ侯爵に迎えられて再婚している。

この文章は、ルイの母が再婚した頃に『誰か』が書いたものらしい。

その『誰か』とは正王妃ではないのかと匂わされている。

いかにも人々の下衆な好奇心を煽る内容だ。

「ルイの母君の名前も、アンジュ殿のご実家の話題も出ていて、これはただ事ではないぞと思ったんです。こんなものがこれから発売されるなんて、大丈夫かと思って」

「クーレングーシュ公爵家は、よく娯楽誌の話題になっていますからね」

飄々（ひょうひょう）と受け流すルイに、ジュニトが言い募る。

「なあルイ、サティネ様のお名前まで出ている。さすがに雑誌社に抗議をしたほうがいいのではないか？　どうする？」

「放っておけばいいですよ。母はもう亡くなっていますし」

ルイはそう言うと、アンジュの手を取って長椅子に座らせた。そしてジュニトの手に見本誌を返す。

「正王妃様が母に嫉妬していたのは有名な話ですし、目新しい話題ではありません。ただ、離婚したら迎えにきてほしいという文面は穏やかではありませんけれど」

「ルイ、君はこの手紙を書いたのは本当に正王妃様だと思うか？　あのお方は噂通り不貞を働いていらしたのだろうか？」

「さあ？　僕の口からはなんとも」

「幸せな再婚をしたサティネ様を、正王妃様が心底羨んでいたというのは有名な話だ。自分で側妃の座から追い出したにもかかわらずな」

ジュニトの言うとおり、見本誌に載ったこの文章は、いかようにも想像を膨らませられる内容だった。

「確かに、色々な人が飛びついて評論しそうな内容ですわね。つい一言、なにか言いたくなるというか」

アンジュの言葉にジュニトが頷く。

「その通りです。ルイ、事実でないなら巻き込まれないよう気をつけたほうがいいぞ。このゴーテ城には醜聞の関係者が揃っているからな。それじゃ俺はそろそろ失礼する」

立ち上がったジュニトが、アンジュの手を取って別れの接吻をする。

「お身体に気をつけてください、アンジュ殿。ルイと貴女の可愛い子どもに会えるのを楽しみにしています」

◆

「ジュニト様、こうして心配してくださって、良い方ですよね」

アンジュの言葉に、ルイは微笑んだ。

「そうですね、僕が社交界から孤立しないで済んでいるのは、お祖父様とジュニトのおかげ、そしてなにより、彼らとの縁を繋ぎ直してくれた貴女のおかげです」

本当は、社交というものに価値は感じていない。ルイにとって大事なものは家族だからだ。けれどそれをアンジュに言うわけにはいかない。

アンジュはルイを『まとも』にするため、身重の身体で多大な努力をしてくれている。

それに応えるのが夫としてのルイの愛だ。

「ルイ様はどう思われます？　正王妃様は本当に不倫をしていて、その相手に本気だったんでしょうか？　だけど公爵夫人が正王妃様を裏切ることはないと思うんですよね。裏切ってもいいことはなにもありませんもの」

アンジュは先ほどジュニトが持ち込んだ見本誌の内容を気にしているらしい。

「貴女は気にしないでください、お腹の赤ちゃんに障りますよ」

「でも、この情報をルイ様が流したと疑われたら大変ですし」

無論、とうに疑われているだろう。

ルイは微笑んで、長椅子のアンジュの側に腰を下ろした。

「アンジュ、なにがあってもこの城を離れないでくださいね」

「ええ。もうすぐ子どもが生まれますから、うかつな行動はしないつもりです」

頷くアンジュを抱き寄せ、ルイは言った。

「僕にとって大事なものは貴女とお腹の赤ちゃんです。なにがあっても僕の心配はせず、出産にむけて自分を大事にしてください」

「そんな意味ありげなことを言われたら、余計に心配になります！」

抗議の声をあげたアンジュが、顔をしかめてお腹を押さえた。

「あいたた……」

「大丈夫ですか？」

「子どもが生まれる前って痛みが続くものらしいです」

アンジュは顔をしかめながらも嬉しそうに微笑む。

もうすぐだ、もうすぐ愛しい我が子に会える。そう思うとルイの心はどうしようもなく弾んだ。

我が子が生まれると分かってから、ぐしゃぐしゃの影のような姿の家族は滅多に姿を見せなくなった。

そしてルイ自身もまた『父母と弟妹はもうおらず、アンジュと子どもが新しい家族なのだ』という事実を少しずつ受け入れていた。

「アンジュ、産婆さんに身体を診てもらいましょうか？」

「まだ大丈夫。これ以上お腹が痛くなるようだったら、呼んでもらいますから」

アンジュが笑顔で答えたとき、勢いよく居間の扉が叩かれた。

「ルイ殿下！　王宮から使いが参っております！」

どうせろくな用事ではないだろう。

ルイは笑顔を保ったまま立ち上がった。

「なんの用でしょう？　この時期にあまり城を離れたくないのですけれど」

「それが、使者は、ルイ殿下が先の戦争で軍規違反を犯した可能性があると」

ルイはかすかに顔をしかめる。

誰が自分を呼び出そうとしているのかすぐに分かった。正王妃だ。どうやら彼女は、かなり深い穴を掘ってルイを待ち構えているらしい。

——くだらない言いがかりだ。

ルイはため息をついて立ち上がる。

「あ、あの、ルイ様！」

アンジュが不安そうに見上げてきた。

ルイは落ち着いた笑顔のまま、アンジュに答える。

「大丈夫です。心当たりがありませんので、そう証言してきます」

「どうりで平和すぎると思ったんです！　あの、ルイ様、どうか気をつけてください」

心配性のアンジュらしい言葉に、ルイはつい噴き出した。

「そんなに心配しないでください」

――面倒な話になりそうだが、なんとかアンジュが産気づく前に戻ってこよう。

ぐずぐずしていると証拠隠滅を図っていると言われかねない。

「では行ってきます。できるだけ早く戻りますから」

「気をつけてください」

不安げなアンジュの言葉に、ルイは微笑み返した。

「もちろんです、僕は大丈夫ですからね」

◆

――軍規違反？　戦争から一年も経った今頃になってどうして？　大丈夫かな。

アンジュは落ち着きなく歩き回りながら、ルイの身を案じていた。

案の定、今が平和すぎるというアンジュの予感は当たってしまったのだ。そう思うと頭が痛い。

「妃殿下、お飲み物をご用意いたしましょうか？」

マイラがアンジュを気遣ってか、そう声をかけてくる。

アンジュは首を横に振って、マイラに言った。

「ルイ様は大丈夫かしら？」

「無実でいらっしゃいますから、大丈夫ですよ」

マイラの笑顔に励まされ、アンジュは頷く。

そのときマイラが、ジュニトが置いていった娯楽誌に目を留め、尋ねてきた。

「妃殿下、その娯楽誌はいつ発売になりましたの？」

おそらく表紙に書かれた『クーレングーシュ』の名前が気になったのだろう。

「まだよ。今日売りに出されるらしいの」

「……そのようですね。よく見たら、表紙に書かれた発売日は今日でしたわ」

マイラは微笑みながら、素早く娯楽誌の中身に目を通した。彼女が醜聞に興味を示すなんて初めてのことだ。

――この娯楽誌がいったいどうしたというのかしら？

首をかしげると、見本誌を置いてマイラが言った。

「失礼いたしました。よろしければ朝食を召し上がりませんこと？　お腹は苦しいかもしれませんが、いつお産が始まるかも分かりませんし」

――そうね、朝は食欲がなかったけれど食べておこう。

勧められて、頷こうとしたときだった。

突然、カンカンカンカン、と激しく鐘が鳴らされる。マイラが舌打ちせんばかりの表情で言った。

「ルイ殿下がご不在のときに！」

マイラは扉の閂を下ろすと、アンジュに言った。

「妃殿下はそこを動かれませんように」

鐘は鳴り続けている。いつもの敵襲と雰囲気が違った。マイラも鐘が鳴り止まないことを不審に思ったのか、用心しながら窓から顔を覗かせた。

「え……？」

普段落ち着いているマイラが、驚きの声を上げた。アンジュは重いお腹を支え、よたよたと窓際に寄った。

「どうしたの？」

「お、王立軍が来ています、ここに」

アンジュは目を見開いた。王立軍が押し寄せてくるとはただ事ではない。

「陛下に行くわ。なにがあったのか確かめてくる」

「いいえ、いけません。お身体を第一にお考えください」

――確かにこの身体じゃなにもできないけれど。

アンジュは唇を噛み、しばし考える。ルイが不在である以上、女主人のアンジュが顔を出さねば、王立軍はここを退かないだろう。だが、今の身体は脆すぎる。突き飛ばされただけで母子ともに危険なことになりかねない。

「……そういえば、どうして鐘を鳴らしているの？　王立軍は襲ってきていないのに」

「分かりません、なにか揉め事があったのかもしれません。やはり妃殿下はここでお待ちくださいませ、私が状況を確認してまいります」

マイラはそう言うと、部屋を飛び出して行った。

アンジュは落ち着かない気持ちで長椅子に腰を下ろす。

――鐘が止んだわ。

不気味な沈黙の中、アンジュはひたすら階下の様子を窺う。異常に静かだ。城の人間の声も聞こえない。

どのくらいマイラを待っただろう。

一時間近く経った頃、複数人の足音が聞こえた。扉が叩かれ、許可もしていないのに開け放たれる。現れたのは、兵たちを率いてきたと思しき将官と、その部下らしい数名の男たちだった。

「アンジュ妃殿下、妃殿下の身柄を拘束いたします」

「なぜ、私を拘束なさるのですか？」

身構えながら尋ねると、将官は冷たい口調で答えた。

「度重なる正王妃様からの呼び出しを無視され、先王陛下から預かっておられるルビーの指輪を不当に所持し続けておられるためです」

――呼び出しなんて一度も受けていないわ！

アンジュは姿勢を正し、お腹を庇いながら答えた。

「あの指輪は、先王陛下から第二王子妃の私が賜ったものです。不当な所持などではありません。先王陛下にご確認ください」

無駄な抵抗だと思いながらも、アンジュは兵たちに言い返す。

「先王陛下は、指輪を正王妃殿下に譲ると明言しておられます」

――さては……ルイ様だけでなく、先王陛下にもなにかしたわね？

アンジュはゆっくりと息を吸い、将官に尋ねる。

「城の人間たちはどうしているのですか？」

「全員拘束しております。先王陛下の指輪は国宝に匹敵する品であり、それを不当に所持しておられるアンジュ妃殿下は、言ってしまえば反逆者に等しいお立場でいらっしゃる。そう説明したところ、逆らう人間はおりませんでした」

――おそらく皆、ことを荒立てたくないから騒がなかったに違いないわ。ここで争ったら、本当に反逆者にされかねないもの。

用心しながらも、アンジュは答える。

「反逆する意図などございません。では、先王陛下のルビーの指輪はお持ちください」

将官はなにも言わず、アンジュとルイの私室に無言で入り込む。その背後に立っていた部下の兵がアンジュの腕を掴んだ。

「妃殿下は階下にお越しください」

「分かりました」

ここは逆らわないほうがいい。アンジュは悔しさを押し殺して、引きずられるように部屋を後にした。

——妊婦に対してずいぶん乱暴なのね。

心の中で軽蔑を覚えたとき、不意に兵士の一人が言った。

「妃殿下をどこにお連れするのですか?」

「クーレングーシュ公爵邸だ」

——え?

アンジュは無言で目を見張る。同時に見知らぬ兵に抱き上げられた。

「城の人間は正面玄関前に集めている。妃殿下は裏口から連れ出すぞ」

なにが起きているのか理解できなかったが、実家に連れて行かれるなど冗談ではない。

「やめてください、私、もうすぐ子どもが生まれるんです。下ろして」

焦りを浮かべて言い募ったが、兵たちはなにも答えない。

「誰の命令ですか？　どうして私をクーレングーシュの屋敷に連れて行くの？」

やはり兵たちはなにも答えない。

――この命令を下したのは正王妃様？　もしかして『大親友』のために私を捕らえたかったわけ？

アンジュはそう思い、唇を噛み締める。公爵夫人の口癖が脳裏をよぎった。

『お前だけは幸せにさせない』

おそらくアンジュがルイに大切にされ、子どもにまで恵まれたことで、公爵夫人は怒り狂っているのだ。

――私の予想通り、やっぱり平和なんてなかったわ。正王妃様と公爵夫人が大人しくしているはずがなかったのよ。

お腹の赤ちゃんが心配でたまらない。

こんな身体で暴力を振るわれて耐えられるだろうか。

――なんとか逃げられないかしら？

アンジュは様子を窺い続けたが、どうすることもできなかった。

◆

──子どもの名前、なににしようかな……候補がありすぎて一つに絞りきれない。アンジュと僕の子にどんな素敵な名前を贈ろうか。

はたして我が子はどんな顔で生まれてくるのだろう。腕のいい医者は予約済みだし、アンジュは結婚当初よりもふくよかになって健康そのものだが、お産は無事に済むだろうか。なんとしても元気なアンジュと我が子を腕に抱きたい。

そんなことを考えていると、使者がルイに言った。

「国王陛下は、ルイ様を疑ってはおられません。ですが戦場で春をひさいでいた女たちの一部が、ルイ様が婦女暴行を働いていたと告発しているのです」

「誰に金をもらって、そんなことを言い出したのでしょうね？」

「……お許しください。軍法会議の要求が通ってしまっては、いかな高貴なお方といえど、潔白を証言して頂かねばなりませんので」

やはりルイを裁けと言い出したのは正王妃だろう。

──恨みの根が深い女だな。母上はお前になにもしていないのに。

ルイは馬車の中、一人歯を食いしばった。

馬車が王宮の門を通り抜ける。しばらく走ったのち、ルイは通用口の前で馬車を降ろされた。第二王子である自分を通用口から出入りさせるとは何事だろう。

——罪人扱いとはな。

ルイは出迎えの兵士たちに連れられて歩き出す。

連れて行かれた先は、普段は使われていない広間だった。

——ここが軍法会議の会場か。

ルイは無感動に扉を見上げた。

扉が開き、ルイは薄暗い広間に踏み込む。久しぶりの王宮だ。

その広間には仮の玉座が据えられ、国王夫妻と王太子夫妻の姿が見えた。その他にも軍の関係者が揃っている。証言台に立っているのは、正王妃のいとこに当たる伯爵だった。

——軍と何の関係もない貴族が、僕のなにを告発するというんだ？

そう思いながら、ルイは国王に頭を下げた。

「お久しぶりです、国王陛下」

「今日は婦女子の権利を保護する団体の代表が、お前の罪を告発したいと言っている」

国王はそう言うと、顎をしゃくって証言台の伯爵を示した。

「心当たりがありません」

「お前は戦場で罪もない娼婦を犯し、金銭を払わずに立ち去ったのか？」

ルイは国王に向けて首を横に振ってみせた。

「いいえ」

そんな行為に及んだことはない。一度も娼婦は抱かなかった。

国王の隣に座っていた正王妃が、軽蔑したように言う。

「どうせ言い訳なのでしょう？　戦場での恥ずべき行いに覚えがあるのね」

ルイは正王妃の言葉を無視し、国王に尋ねた。

「そもそもこの訴えは、どこの誰が起こしたものなのでしょうか？」

「被害者を保護するために、お前に詳細は教えられない」

国王が面倒そうに言う。どうやら根拠は弱いようだ。被害者というのも、誰かに金を積まれて名乗り出た女に違いない。

「そうですか、なんにせよ心当たりはありません。どのような女性を連れて来られても、僕は嫌疑を認めません」

そのとき、大人しく座っていた王太子が声を上げた。

「お前、嘘をつけばつくほど罪が重くなるぞ」

面倒な男だと思いながら、ルイは王太子に冷ややかな視線を投げかけた。

「ご自分は不倫や堕胎を何度も揉み消しているのに、僕の無実の罪はずいぶんしつこく追及なさるのですね」

この軍法会議の場をどう突き崩そうかと迷っていたが、簡単に手段が見つかった。堤防の脆いところが自ら『ここだ』と名乗り出てくれたのだから。

「な……!?」

王太子がルイの突然の反撃に目を白黒させる。会場がますますざわついた。

「殿下、どういうことですの」

王太子妃が鬼の形相で傍らの王太子に尋ねた。

「そ、そんなの、ルイの出まかせだ」

言い訳をする王太子の言葉に被せて、ルイは声を張り上げる。

「王太子妃殿下の侍女に、エミエラという娘がいるでしょう？　その娘に聞いてごらんなさい。妃殿下に内緒で何度か王太子殿下の子を堕ろしているはずです」

ルイの言葉に、王太子妃が険しい表情のまま立ち上がる。心当たりがあるのだろう。

——ふん、以前から疑っていたのだろうな。美しい侍女を置けば王太子が手を付ける。かと言って容姿の劣る侍女など、見栄っ張りな王太子妃は側に置きたがらない。

無言で見守るルイの前で、王太子妃が軍法会議の会場を飛び出していく。侍女のエミエラを問い詰めに行ったに違いない。

「ま、待て、誤解だ！　俺の話を聞いてくれ！」

王太子が、慌てたように王太子妃の後を追って行った。扉が閉まるのを確かめ、ルイは冷ややかな口調で言った。

「軍法会議においては、起訴側の人間の欠席は許されていないはずですが？」

王太子夫妻の席に目をやって、国王にそう尋ねる。国王は苦々しい顔で言った。

「お前の言う通りだ」

――人を追い詰めるつもりなら、まずは自分の足元を固めておけ。

ルイは薄く笑う。正王妃がルイを睨みつけ、吐き捨てるように言った。

「王太子がなにをしたというの！」

「さあ？　王太子妃殿下には心当たりがおありのようでしたが？」

微笑むルイに、正王妃がまなじりを吊り上げる。ルイは笑顔のまま、正王妃に告げた。

「その侍女、今は関係の発覚を恐れて堕胎を繰り返しているようですが、いつか待望の男児を産むかもしれませんね」

ルイが口にした『男児』という言葉に、正王妃がはっと目を見張る。

「いかがなさいますか？　男の孫を手っ取り早く得たいなら、孕みやすいエミエラ殿を今すぐ保護なさったほうがよろしいのでは？」

正王妃は、ルイを睨みつけたまま立ち上がる。

どうやら『男の孫』という言葉には抗い難い魅力があったようだ。

「……陛下、王太子夫妻の口論を止めて参ります」

国王は正王妃に返事をせずに大きなため息をつく。ルイは国王に一礼し、尋ねた。

「僕の嫌疑とやらの追及はどうなさいますか？」

「起訴人三名の離脱により、不問に処す」

「ありがとうございます」

国王がため息まじりにぼやく。

「なぜお前が正王妃の腹から生まれなかったのだろうな、ルイ」

国王は疲れたように言うと、片手を上げて散会の合図をした。

「あ、あの、ルイ様を訴えている娼婦はどういたしましょう？」

証言台に立っている伯爵がオロオロと尋ねてくる。国王は彼を顧みもせずに言った。

「訴えを取り下げさせて帰らせろ」

元々、国王はこの訴えを信じていなかったようだ。おそらく正王妃に強く頼まれて、いやいや軍法会議を招集したに違いない。

集まった人々が、会場を後にし始める。

――相手にもならなかったな。正王妃の狙いは本当にこれだけなのか？

ルイは広い王宮を足早に出て、外で辻馬車を拾った。

急いでゴーテ城に帰ろう。あんな身体のアンジュを一人にしておくのは不安だ。

それに、軍法会議をこんなに簡単に突破できたことにも違和感を禁じ得ない。

――正王妃がこれだけで引くだろうか？　きっとまだ何かある、気を緩めるな。

ルイは言葉にならない危機感を覚え、唇を噛みしめた。

◆

かつて暮らしていたクーレングーシュ家の物置部屋に、アンジュは捕らえられていた。

――最悪の再会だわ。

アンジュは目の前の貴婦人を見上げ、歯を食いしばる。

クーレングーシュ公爵夫人。夫の浮気を許さず、アンジュを憎み抜いていた女性だ。

コンスタン王国の高位貴族の例に漏れず、夫人も素晴らしいドレスと宝飾品で身を飾っている。

――相変わらず氷のような目。夫人からこんなに憎まれているのはお母様と私くらいのものよね。

そう思いながらアンジュは大きなお腹に手を当てる。

夫人の激しい憎悪はこの子にも向いているのだ。そう思うと、抑えようとしても鳥肌が止まらない。どう考えてもこの子だけが見逃されるとは思えなかったからだ。

「なぜ私をここに連れてきたのですか？」

なるべく平静を保とうとしながら、アンジュは尋ねた。

答えは返ってこず、代わりに平手打ちが飛んでくる。アンジュはいつものように歯を食いしばり、口の中を切らないように身構えた。非力な夫人の平手打ちは、仕打ちとしては一番ましな暴力だ。パシッと音が鳴り、頬がヒリヒリと痛んだ。

「今の私は第二王子妃です。その私に対し、このような暴力は許されないと思います」

頬を打たれたことには構わず、アンジュはそう反論する。公爵夫人はもう一度手を振り上げ、同じ頬を打ち据えた。

――平手打ちで勘弁してやっている、ということね。

かつては鞭で叩かれていた。それよりは確かにましな扱いだ。アンジュは唇を引き結んで公爵夫人を睨み返す。

「子どもは実家で産んだらどうかしら？　普通の貴婦人はそうするものよ」

公爵夫人がアンジュを睨み据えて言う。

――実家でまともに扱われるお嬢様はそうでしょうね。でも私は違うでしょう？

警戒もあらわにアンジュは言い返した。

「ルイ殿下が出産の支度を進めてくださったので、お産はあちらで済ませます」

「ここで産みなさい。お前はもう第二王子妃ではなくなるのだから」

「どういう意味ですか？」

「お前が産むのはルイ王子の子どもではないのよ。お前は浮気の発覚を恐れて、実家から姿を消すの」

公爵夫人が嬉しそうに言う。

彼女の目には、ギラギラした憎しみが宿っていた。

『お前が幸せになるなんて、殺しただけでは飽き足らない』

はっきりとそう浮かんでいる。アンジュは一歩後ずさり、公爵夫人に言い返した。

「ルイ様は私を信じてくださいます」

「あの方がお前の貞操を信じる、信じないは関係ない。お前は出産後に姿を消す、それだけが事実よ」

「私になにをするおつもりですか？」

公爵夫人が高笑いを始める。おかしくてたまらないと言わんばかりの笑い声に、鳥肌が立った。

「お前の母親は、お前をいたぶった話を聞かせるときが一番辛そうだったわ！」

「な……なにを……？」

「お前も人並みの心があるなら、腹の子どものことは愛おしく思っているのでしょう？安心なさい。これからはお前も子どもも、正王妃様が奴隷として可愛がってくださるわ」

――私とこの子を正王妃様のもとに送るってこと？

アンジュは息を呑む。

公爵夫人はしばらくの間笑い続け、目尻の涙を拭ってアンジュに言った。

「正王妃様ならば、お前の子どもをさぞ厳しく躾けてくださるでしょう。お前は子どもがどんな目に遭っていても手出しができず、ただ泣きながら酷使に耐えるしかないのよ、お前の母親がそうだったように」

アンジュの脳裏に母の涙が浮かぶ。

母はアンジュの身を案じて、この屋敷からの逃亡を一度も企まなかったという。

理不尽な目に遭わされることを知っていながら、耐えて、耐えて、耐え抜いていた。公爵夫人はそんな母に暴力を振るいながら『夫の子を産んだ罰だ』と言い切っていたのだ。

――ああ、なるほど。三代に渡って不幸のどん底に落としてやろうということね。

公爵夫人にどれだけ憎まれているのかを改めて実感する。

「ルイ様は私を探してくださるはずです」

「だとしても、正王妃様の奴隷には手を出せないわ。正王妃様はルイ王子よりも身分の高いお方ですもの。あの方が動いてくだされば、お前はもう第二王子妃のアンジュなんかじゃない。名もなき奴隷になるのよ」

公爵夫人の言うとおりだ。いくらルイが『その奴隷は自分の妻だ』と言い張ったところで、正王妃が違うと言えば、正王妃の意見がまかり通るだろう。

――逃げ場はないのね。この子だけでもなんとか助けられないかしら。

必死で頭を捻るが、何も解決案は浮かんでこない。

「これから別の場所にお前を移すわ。そこで子どもを産ませてあげる。まだ殺さないから安心なさい。お前はこれから人生をかけて長い長い苦しみを味わうのよ」

「こんなことがルイ様に知れたら、罪に問われるのは公爵夫人のほうですわ！」

「移動は明日よ。それまで余計なことをせずここにいなさい」

「嫌です、私をルイ様のもとに帰らせて！」

公爵夫人はアンジュを無視して、部屋を出ていった。

——私のお願いなんて聞いてくれるはずもないか。背後に正王妃様がついているだけあって強気よね。ルイ様のことだって恐れていない。

アンジュはため息をつき、古びた寝台に腰を下ろす。お腹の痛みはずっと続いていた。

——こんな汚い部屋じゃ赤ちゃんに障るかも。

不潔な部屋をせめて掃除しようと、アンジュは立ち上がって道具を探す。昔使っていたままの状態ならば、掃除用具がどこかに置かれているはずだ。アンジュははたきを見つけて、重いお腹を支えて部屋の埃を払い始めた。

——ルイ様がここを見つけてくだされればいいのだけれど。

アンジュは窓を開けながら思う。

ルイが颯爽と自分を助け出してくれるなんて、随分都合のいい妄想だ。この物置は屋敷の奥の入り組んだ場所にある。見つけ出すにも一苦労だろう。

──私、諦めは早いほうだけれど、赤ちゃんの命は諦められないわ……。

アンジュの目にかすかに涙が滲んだ。滅多に泣くことはないのに、我が子の人生を滅茶苦茶にされると思うと、涙を止めるのは無理だ。

埃を綺麗に払いながら、アンジュはぽろぽろと涙を流す。

なんとかして逃げる方法を考えなければ。だが、出産がいつ始まってもおかしくない身体ではどうにもならない。もどかしい。

──ルイ様、もしもこの子を抱けなかったらどうなるんだろう。

想像するだけで目眩がする。社交を復活させたルイは『王国一番の貴公子』と呼ばれつつあるのに、なにもかもが台無しになってしまいそうだ。

──見えないご家族がまた復活しちゃったら気の毒よね。ルイ様には、あんなものに苦しまないで生きてほしいのだけれど……。

涙が止まり、大きなため息が出た。

ひたすら自分にできることを考えてみるものの、案が浮かんでこない。公爵夫人のもとで出産に挑まねばならない状況も絶望的だ。

ただでさえ命がけのお産がより危険なものになりそうな気がする。

アンジュは掃除を終え、身体を休めるために寝台に腰を下ろした。

──寒いわ。赤ちゃんは大丈夫かしら。

母親の不安が伝わっているのか、さっきからあまり動かない。それに腹の痛みが朝よりも強くなったようだ。

——もうすぐ生まれるのかな。陣痛って痛みが強くて規則的なものだと習ったけれど。

どうか今はまだ産気づきませんように、とアンジュは祈った。

ゴーテ城に戻ったルイに、凶報が待っていた。

王立軍が押しかけてきて、アンジュを宝石の不法所持で尋問しようとしたらしい。

——軍を派遣させたのは正王妃様か。僕をこの城から引き離し、その隙にお祖父様がくださった宝石を取り上げようとしたに違いない。

正王妃の卑劣さはよく分かっている。

いつもなら相手にしないが、今回ばかりはことを荒立てないわけにはいかなかった。

ゴーテ城を王立軍が訪れた直後に、アンジュが姿を消したからだ。城内の人間は一箇所に集められ、アンジュがどこに連れ去られたのか把握している者はいないという。

「申し訳ございません、ルイ殿下。なんたる失態」

マイラが涙を流しながら言う。

ルイは首を横に振った。

「マイラのせいではありません。押しかけた王立軍に逆らわない選択をしたのは正しいことです」

アンジュが行方不明になったのはつい先刻、ほぼルイと入れ違いのことだったらしい。

「すぐに妃殿下を探してきます。いつ産気づくかも分からないお身体ですから」

「いいえ、貴女は『例の準備』に備えてください」

泣いていたマイラがハッとしたように顔を上げた。

「実行するのですか、この状況で？」

「はい、アンジュは他の者たちと手分けをして探します。貴女は仕事をお願いします」

「……たしかに、例の記事は今日出ると伺いました」

どうやらマイラは、ジュニトが持ち込んだ見本誌を目にしたようだ。目端の利く女だから、ルイがあらかじめ指示していた記事のことだと気付いたに違いない。

「ええ、今日出ました。標的を確実に仕留めてください。貴女の腕だけが頼りです」

「かしこまりました」

「標的は昼過ぎから茶会を開くそうです。庭園は一箇所、標的がどこにいるかはすぐに分かると思いますよ」

貴族の華やかな催し物の予定は、裏社会にも漏れているのだ。招待状なしでも、金さえ払えば誰がいつどんな会を開くのか知ることができる。

マイラは真剣な表情で頷くと、身を翻して駆け去っていった。

彼女はどんな離れた標的も必ず殺すと言われた凄腕の暗殺者だ。もう人殺しだけで生計を立てるのは嫌だとルイのところに職を求めてやってきた。

——裏社会に『求む、人殺し経験のある者』なんて求人を出しているのは僕くらいですからね……。

マイラならば、必ず標的を仕留めてくれるだろう。

そこまで考えて、ルイは侍従長を振り返った。

「僕はこれから王宮を捜索してきます。王立軍が絡んでいるならまずは正王妃様が怪しい。早くアンジュを助け出さないと、彼女も子どもも危険です」

言い終えたら冷や汗がどっと流れた。アンジュがこの城のどこにもいないという事実がずっしりとのしかかる。

——アンジュとあの子になにかあったら僕は生きていけない。

膝から力が抜ける。冬の寒さだけではない冷気がルイの身体を包みこんだ。

◆

クーレングーシュ公爵家に連れてこられてからどのくらい経っただろうか。今は昼過ぎで、太陽が傾き始めている。

アンジュは空腹を感じ拳を握りしめた。

――いくら奴隷同然の娘だからって、食べるものくらいくれてもよくなくって？　最悪の扱いね！

ルイはもう軍法会議から解放されたのだろうか。彼はアンジュがクーレングーシュ家の屋敷に連れ去られたと気づいているだろうか。

――ルイ様が落ち着いておられるといいのだけど……。

そう思いながら、アンジュは額の冷や汗を拭った。

お腹の痛みが等間隔になってきた気がするから、不安で仕方ないのだ。

――私、どこに連れて行かれるのかしら。

まずいな、と思ったときにまたお腹が痛み始めた。

耐えられる痛みだが、数時間前よりも明らかに強くなっている。

――打開策、打開策はなにかない？　それ以前にこんな空腹のままお産に至るなんて冗談じゃないんだけど。

息を整えながらお腹を撫でたとき、どこからか悲鳴が聞こえた気がした。一つではない、複数の悲鳴だ。

――な、なに？

その悲鳴はアンジュが閉じ込められている使用人棟ではなく、本邸のほうから聞こえた。

――庭園で何人も叫んでる。ただ事じゃなさそう。事故でも起きたの？

不気味に思い、アンジュは窓の鍵を確かめる。

クーレングーシュ家の庭園は冬でも美しいことで有名だ。

庭に大きなストーブを何台も出し、貴婦人たちがお茶を味わいながら庭の眺めを楽しむことも少なくない。お茶会好きの公爵夫人やコリンヌは、この時期でも頻繁に人を招いていたものだ。

――悲鳴が聞こえたのは庭園からだわ。

なにが起きたのだろう。お腹をさすりながら外の様子を窺うが、慌ただしい雰囲気以外はなにも伝わってこない。やがて人の声も聞こえなくなり、あたりには静寂が戻った。

誰かが怪我でもしたのだろうか。

だんだん日が傾いていくのを見守りながら、アンジュはため息をつく。

――これやっぱり、陣痛かも。力をつけるために、誰か食べ物を運んできてくれないかしら……パンだけでいいから……できれば焼き立てがいいけど、なんでも食べるわ。

そのとき、荒っぽい足音が聞こえて、アンジュの部屋の扉が勢いよく開いた。

「アンジュ、お前、なにをしたの！」

「え？」

飛び込んできたのは義姉のコリンヌだった。コリンヌは訳がわからずに目を丸くしたアンジュの襟元を強く締め上げる。

――逆らわないほうがいい。赤ちゃんになにかされたら困る！

アンジュはそう思い、悟られないようにお腹をかばい、されるがままになった。

「あんたが暗殺者かなにかを雇ったんでしょう！」

穏やかならぬ言葉にアンジュは眉をひそめた。

「なんの話ですか？　私はこの部屋から出ることさえできませんでしたが？」

コリンヌが泣きじゃくりながら言う。

「お母様が殺されたのよ！　首筋に向かっていきなり矢が飛んできたの！　お母様を一番恨んでいるのはあんたじゃない！　あんた以外に犯人がいるって言うの？」

「公爵夫人がどうしたんですか？　一体なにが起きたんですか？」

「分からないわ！　犯人はまだ見つかっていないし、お母様は即死だったって医者は言っているわ！　ねえ、やったのはあんたでしょ？　あんただって言いなさいよ！」

コリンヌが泣き声を張り上げる。

――要領を得ないわね。それに顔が真っ青。髪もぐしゃぐしゃだし。

どうやら、公爵夫人がコリンヌの目の前で殺害されたらしい。そのせいで彼女はひどく取り乱しているようだ。

アンジュは驚きながらも首を横に振った。

「こんな身体では、自由に出歩くこともままならないんです。私にはなにもできません」

どうやらコリンヌはやっと、アンジュが出産間近であることを思い出したらしい。

「あんたじゃなければ、誰がお母様を殺したのよ？」

「分かりません、この部屋から出ることもできませんでしたし」

クーレングーシュ公爵夫人を殺すような人間に心当たりはない。コリンヌの言う通り、誰が公爵夫人を殺したのかまるで分からない。

「お母様を憎んでいる人間なんて、あんたくらいしか思いつかないのに！」

その時、強く扉が叩かれた。

「コリンヌ、ここにいるのか？」

――お父様？

声の主はクーレングーシュ公爵だった。父は勝手にアンジュの部屋の扉を開けると、取り乱して泣いているコリンヌの肩を抱き寄せた。

「部屋を飛び出して行ったと聞いて心配したよ。刺客がまだうろついているかもしれないんだ。ここではなく、安全な場所にいなさい」

「でも、お母様を殺した犯人を探さなくては！」

「それは他の者に任せるんだ。安全のためにも、お前はしばらく自室から出てはいけない。いいね」

　頷いたコリンヌを、父は背後にいた侍女たちに引き渡した。そして彼女らが立ち去るのを見送って、アンジュに語りかけてきた。

「お前に刺客を雇えるような力があるとも思えんが、お前が妻を殺したのか？」

　アンジュは無言で首を横に振る。

「そうだろうな」

「あの、公爵夫人になにがあったのですか？　どこで襲われたのですか？」

「庭で茶会を開いているときに、誰かに弩で射殺された」

　あまり妻の死を悲しんでいるようには見えない口調だった。父は長年、公爵夫人の悋気と浪費に悩まされ、夫婦仲を取り持つものは子どもたちだけだと聞いている。

　――お父様は私のところになにしにいらしたの？

　再び痛み始めたお腹を撫でながら、アンジュは尋ねた。

「お悔やみ申し上げます……ところでお父様、お父様には私を誘拐する気がおありだったのですか？」

「お前のことなど知らない。妻に一任していた」

　どうやら公爵は、アンジュの誘拐に関しては知らぬ存ぜぬを通す気らしい。この無責任で冷淡な態度は、昔からずっと変わらない。

「私がここに連れてこられたのは、正王妃様のご命令あってのことですか？」

「それも私の知ったことではない。ところでジャンヌはどこへやった？　もう妻は死んだのだ、あれを私のところに返せ」

父が口走ったのは、ろくでもない言葉だった。

美しい母を、父がしつこく寵愛しているのは知っていた。こんな男だから公爵夫人も鬼にならざるを得なかったのかもしれない。同情はまるでできないが。

――これまで一度もお母様を守ろうとしなかったくせに、正妻が亡くなった途端また側に置きたいなんてよく言うわ！

アンジュは首を横に振る。

「知りません。ルイ殿下がどこかで保護してくださっていると聞きましたけど」

「ルイ殿下か。あのお方も社交界で力を盛り返し始めているな」

父は面倒そうにため息をついた。

「そんなことより、お父様は大丈夫なのですか？　公爵夫人が襲われたのであれば、お父様も危険なのではありませんか？」

正直に言えば、命を狙われている人の側にいて、自分も危険に晒されるのが嫌だ。子どもの安全を何よりも優先したい。アンジュの内心を知ってか知らずか、父は言った。

「ああ、その通りだ。ジャンヌの居場所を知らないというならもうお前に用はない。これから人をよこす。指定した場所でその子を産んできなさい」

「嫌です。ルイ様のところに帰らせてください！」

「駄目だ。万が一にもお前を誘拐したのがクーレングーシュ家だと知られたら、面倒なことになる」

どこまでも腐った男だ。睨み据えるアンジュに父が言う。

「お前の身柄をルイ殿下に引き渡すかどうかは、状況を見て決める。このままお前と子どもが『行方不明』になっても、私としては一向に構わないのだから」

どこまでも保身と我欲しかない言葉だった。

「私がルイ様を説得いたします。公爵夫人に攫われたなんて言いません。ですからどうか、う……！」

その時、ひときわ強い痛みが走り、アンジュは思わず声を漏らした。

——まずい。こんなに痛いの、今までなかったのに！

「無事に子どもを産みたければ私の言うことに従うんだ。来い、今から産院に連れて行ってやる」

父の冷たい声に、アンジュは痛みを堪えて唇を噛み締めた。

◆

――いない、王宮にはアンジュはいない。別の場所か。

広い広い王宮を探し回ったが、アンジュの姿はどこにもなかった。部下からは『クーレングーシュ邸にもいないようだ』と報告を受けている。

「なにを嗅ぎ回っているの」

正王妃が、王宮中の部屋を確かめているルイに冷ややかな視線を投げかけてくる。

「僕の妃が王立軍の誰かの手で連れ去られた可能性があるんです」

「王立軍は、不当に所持されている先王陛下の宝石を回収しに行っただけよ」

正王妃は小馬鹿にしたように言う。ルイは感情を抑え、話を続けた。

「お祖父様は今、寝込んでいらっしゃると聞きました。なぜそんなことをなさったのですか？　もしお祖父様が回復されたらどうなさるのですか？」

「先王陛下は私を責めたりなさらないわ」

自信たっぷりの正王妃の態度に、ルイは危機感を覚えた。

――もしかしてお祖父様に薬を盛ったのか？　この余裕、さては殺す気でいるな。

ルイは内心で歯嚙みする。正王妃は祖父の自由を奪った上で『自分が好き勝手に動ける状況』を作ったに違いない。

だが権力ではこの女に敵わない。その事実を噛み締めながらルイは言った。

「念のため、もう少しアンジュを探させてください」

「この王宮がどれだけ広いと思っているのかしら。私でさえ知らないような地下設備もあるというのに」

正王妃がおかしそうに喉を鳴らす。

だが彼女の言う通りだ。やみくもに無数にある部屋を検めただけでは、アンジュを完璧に探せたとは言えない。

——くそ、地下か。それに王宮には別棟や離宮もある。アンジュは一体どこに……。

そこまで考えかけて、ルイは動きを止めた。

——違う、おそらくアンジュは王宮にはいないんだ。だから正王妃は『もっとよく探せ』と僕に言っているに違いない。無駄足を踏ませるために。

「まあ、王宮が怪しいと思うなら好きに探せばいいでしょう」

肩をすくめて正王妃が立ち去る。

——ここにいないとしたら、残るはクーレングーシュ家だな。

ルイは拳を握りしめ、身を翻した。仕掛けた罠はもうすぐ動く。正王妃のことは放っておけばいい。一刻も早くアンジュと子どもを取り返さなくては。

◆

——だめだ、これ、本当にもう生まれるんだ。結局なにも食べ物をもらえなかった。どうしよう、こんな空腹なのに。

アンジュが連れてこられたのは、粗末な産院だった。

どうやら公爵の知己が支援している慈善団体の施設らしい。クーレングーシュ家とは直接関係のない場所に連れてくるのが、徹底的な隠蔽を思わせる。

——痛い。本当にこれ以上痛くなる前になにか食べさせて。

脂汗を流しながらアンジュは思う。産院の産婆が、突然連れて来られたアンジュを見て吐き捨てるように言った。

「あんたはどこの訳あり女なの？」

ここで『第二王子の妃です』と名乗っていいものだろうか。

無事に子どもを産みたかったら、余計なことはせず大人しくしておいたほうがいい気もする。葛藤した末、アンジュは小声で答えた。

「なにも喋るなと言われております」

「ふん、お貴族様の手がついたのか。まあいい、時々様子を見にくるからそこで待ってな。どんなに産みたくなっても勝手にいきむんじゃないよ」

——食べ物が欲しい！

アンジュはたまらず産婆に訴える。

「事情があって、ずっとなにも食べていないんです。どうか食べ物を分けていただけないでしょうか」

「パンしかないよ。それでいいなら分けてやる」

産婆はそう言うと、部屋を出て、水と干からびたパンを数個持って戻ってきた。

——食べるものがあるなら上等よ。

アンジュは渡された水と一緒に、カサカサに乾いたパンにかぶりつく。陣痛の間はひたすら耐え、止んだら一気に口に押し込んだ。

「もっと陣痛がひどくなったら食べるのも無理になるからね。今のうちに力を付けな」

そっけなく産婆が言う。

食べ物があって本当に良かったと思いながら、アンジュはなんとか乾き切ったパンを食べ終えた。

「あの、もっとあります？」

「あんた、ずいぶん落ち着いてるね。何人目？」

「初産です」

「へえ、普通初産の人は、食事が喉を通らないって騒ぐけどねえ」

——食べるのが何より大事よ。食べないと産めないでしょ。

アンジュは心の中でそう答え、再び襲ってきた陣痛に耐えた。

「う……痛い……」

「他に残り物がないか見てきてやるよ。初産なら生まれるまではまだかかる。覚悟しておきな」

産婆は冷たく言うと、部屋を出ていった。

◆

その日、王都は阿鼻叫喚となっていた。

大醜聞の主役であるクーレングーシュ公爵夫人が、何者かに暗殺されたからである。

正王妃の秘密の恋文を売った貴婦人が殺された。

その事実は人々を驚愕させた。

「アンジュ様はまだ見つかっていません。クーレングーシュ家は公爵夫人が殺され、その調査のため、ひどく人の出入りが激しいようです」

侍従長の言葉に、ルイは頷いた。

その出入りに紛れてアンジュが連れ出された可能性もある。

「もう一度、皆の報告をまとめて参ります。ルイ殿下は少しお休みください」

「そうします、貴方も無理はしないように」

出て行った侍従長を見送り、ルイは腕組みをした。

——必ず探し出せる。落ち着け。

ルイは飲まず食わずで蒼白になったまま、落ち着きなく広間を歩き回っていた。

子どもは今どんな状況なのだろう。まだアンジュのお腹で守られているのか、それとも
この寒い中、儚くも産み落とされてしまったのか。

そうだとすれば一刻の猶予もない。どことも知れない場所にアンジュと赤ん坊を置いて
おけない。気ばかりが焦る。

——アンジュを捕らえている人間がいるとすれば、正王妃かクーレングーシュ公爵夫人
だ。それ以外の人間だとすれば、営利目的の誘拐になる。

だがいまだに身代金の要求はないから、その線は薄い。

王宮にいないなら、アンジュはおそらくクーレングーシュ家に関連する場所にいる。

脂汗を滲ませながら考えをまとめていたとき、不意に悲しげなアンジュの声が聞こえた。

「ルイ様」

信じられない思いで背後を振り返る。

アンジュの姿は、塗りつぶされた影そのものだった。

腕には赤ん坊が抱かれている。その子もアンジュと同じ姿だ。

──アンジュ……！

ルイは凍り付く。

アンジュの後ろには、四人の家族が佇んでいた。ゆらゆらと揺れながら『家族を忘れた』ルイに冷たい眼差しを注いでくる。

蒼白になったルイに、アンジュが怒った声で話しかけてくる。

「私たちのこと、守ってくださいませんでしたね」

──う……嘘だ……アンジュも子どもも死んでしまったなんて嘘だ……！

この影は本物のアンジュなのだろうか。

頭の片隅で疑わしく思ったが、ルイの身体の震えは止まらなかった。

影として現れる『家族』の姿はルイにとっては『真実』なのだ。

心がこれは本物だと叫ぶ。

死してなお自分のもとに帰ってきてくれた愛すべき存在なのだと。

──違う……違う！　アンジュが死ぬはずが……！

「でも大丈夫です。他のご家族のように、私とこの子も帰ってきましたから」

アンジュが張りのない声で話しかけてくる。

「な……なんで……その子まで影に……」

アンジュが微笑んだのが分かった。脂汗が額に滲んでくる。

「私もこの子もお産で死にました」

「ア……アンジュ……そんな……」

「でもこれからも、ずっと一緒にいます」

アンジュが腕に抱いたぐしゃぐしゃの影を差し出してくる。泣きもしない、声の一つもあげない影が、じっとこちらに視線を注いでくる。

『消さないで、ずっと一緒にいて』

影はそう囁きかけてきた。

こんなものが、無事な誕生を願ってきた最愛の我が子なのだろうか。

愛おしくてたまらないはずの命が死の影になり、自分の心にしがみついてくるのが嫌でたまらなかった。

「どうして抱いてくださらないの？　ルイ様と私の子なのに」

「す……すみません……そうですよね……こ、この子も貴女も、帰ってきてくれた……んですよね……」

強い吐き気を堪えてそう答えた刹那、アンジュが首を横に振った。

「……私、たとえ死んでも、こんな姿でルイ様の前に現れたりしないわ」

「え？」

目を丸くするルイの前で、アンジュが赤ん坊の影を投げ捨てた。

床に投げ捨てられた赤ん坊の影が、ギャッという悲鳴と共に霧散する。

アンジュは思いきり自分自身の顔を叩くと、キッと顔を上げてルイに告げた。

「……こんなもの、私たちの赤ちゃんでもなんでもありません！」

「え、ア、アンジュ……？」

「しっかりしてください、ルイ様。こんなの私じゃない。貴方の病気が見せている幻覚です！　病気が喋っているのと同じなんですよ！」

怒鳴りつけられ、ルイは呆然となった。アンジュの姿が、影から生きた人間のものに変わったからだ。

「だって私がここにいるわけないじゃないですか。ぐしゃぐしゃの影になるはずもないわ」

現実主義者のアンジュらしい言葉だと思いながら、ルイは息を呑んだ。

「こんなところでメソメソしてないで、早く迎えに来てください」

アンジュのお腹は、いつものように大きくせり出している。

ルイの目に涙がにじんだ。幻になってさえ、アンジュはアンジュらしく強かったからだ。

アンジュが大きなお腹に手を当てる。

「私、これから命がけでこの子を産むんです。もし死んだとしても、ルイ様の子なので後悔はしません。その代わり、貴方の心の中でこんな気持ち悪い影にはなりたくないです。たとえ私の身に何かあったとしても、こんな形で私を思い出さないでほしい」

——こんな形で……。

ルイは脂汗の浮いた顔で、アンジュの背後に立つ家族を見つめる。

不意にアランが、いつもの澄んだ声で呟いた。

「僕もこんな姿は嫌だ」

「私もよ、お兄様。私、将来は社交界の華だって言われていたのに。どうしてこんな姿の私を『マルグリット』なんてお呼びになるの？」

マルグリットも、悲しげな声で言った。

アンジュが二人の言葉に頷き、厳しい声でルイに告げる。

「私たちは、ルイ様のご病気が見せている幻です。本物の私たちじゃない。ルイ様にしか見えない、ルイ様の頭が作った幻なんです」

——神様が返してくださった僕の家族が……幻……。

そんなことは多分、最初から知っていた。知っていてなお、家族を失っていないという『事実』に縋りたかったのだ。

ルイの目から涙が流れ出す。

あの日、戦争を生き延びてゴーテ城の門を数年ぶりに開けたとき。家族の永遠の不在を受け止められずに、ルイの精神は砕け散った。

そして今までまともになっていなかった。

アンジュが必死に拾い集めてくれたのに、ルイは心が砕けるに任せたままだったのだ。

けれどその時間は終わらせねばならない。

——そうだ、不安に潰されている場合じゃない。アンジュは無事なはずだ。幻覚に惑わされ、足を止めていては駄目なんだ。

ルイは冷や汗にまみれた顔を上げる。

ぐしゃぐしゃの影だった四人の家族が、アンジュ同様、かつての美しい姿を取り戻す。

全員、ルイを見て微笑んでいた。

最愛の家族の姿を目にして、なにも言葉にならない。

家族は同時ににっこりと笑うと、くるりと背を向けて歩み去って行く。

ルイは半ば放心してその姿を見送る。そして、我に返って最愛の妻の名を呼んだ。

「アンジュ……？」

返事がない。

慌てて見回すが、人の気配はなかった。

今姿を見せたアンジュは何者だったのだろう。

ルイを案じて姿を見せてくれた『本物のアンジュ』だったのだろうか。あるいは自分で自分を救うために見た、新たな幻だったのか。

それは分からない。

だが一つだけ分かったことがある。

アンジュは自分の幻覚の中でも、彼女らしさを失ったりしなかったということだ。彼女の強さはルイの病んだ心を通してなお、歪むことはなかった。

その強さにこそ、ルイは惹かれたのだ。

『だって私がここにいるわけないじゃないですか』

——貴女の言うとおりです、アンジュ。

アンジュと子どもは死んでなどいないし、愛した家族はもういない。

ルイの家族はぐしゃぐしゃの影なんかではないのだ。そのことを理解した今、ルイは家族と永遠に別れたのだ。

声を殺してひとしきり泣いたあと、ルイは乱暴に顔をこすった。

——いつまでも病気でいるな。悲しみに甘えるな。

アンジュと子どもは、卑劣な誰かに攫われルイの助けを待っているのだ。なにがなんでも無事に奪い返さねば。

——落ち着け。僕の予想が正しければ、もうすぐ『あの男』が僕に接触してくるはずだ。

涙を拭ったルイの目には、これまでとは違うひどく冷たい光が浮かんでいた。

「殿下、ただいま戻りました」

背後からマイラの声が聞こえる。

ルイは振り返り、穏やかな声でマイラを労った。

ここからが計画の始まりだ。

愛する家族のためならば、容赦なく敵を潰してみせる。

「お帰りなさい、マイラ。仕事をうまくやり遂げてくれたようですね」

「はい、追手をまくのに少し手間取りましたが」

公爵夫人を殺害した後、ルイの指示通り、マイラはその武器を王宮の武器庫に捨てに行ったのだ。人目を忍ぶ作業ばかりで大変だっただろうが、完璧にやり遂げてくれたらしい。さすがの腕前だ。

「殿下、私は妃殿下の捜索に移りとうございます。あんなお身体でどこに連れ出されてしまったのか」

涙ぐんで訴えるマイラに、ルイは答えた。

「ありがとう。ではマイラは他の者と一緒に病院や産院をあたってください。僕の仮説が正しければ、アンジュはクーレングーシュ公爵夫人のもとにいったん連れて行かれ、そのあと別の場所に移されたはずです」

マイラが真剣な顔で頷く。

「妃殿下が見つかったらいかがいたしましょう。お身体のこともあります、無理に連れ出せない状況も考えられますが」

「その場合は、すぐに僕に報告をください」

「かしこまりました。どうかまだ産気づいておられませんように！」

マイラは祈るように呟くと、玄人の身のこなしで広間から飛び出して行った。

——僕はここで待とう。そろそろ来る。

そう思ったとき、侍従長が再び広間に駆け込んできた。

「ルイ殿下、クーレングーシュ公爵がおいでになりました、奥方が亡くなられた大変なときに、なぜゴーテ城にお見えになったのやら？」

「分かりました、伺いましょう」

ルイはため息をつき、侍従長と共に歩き出す。

案内された応接室では、クーレングーシュ公爵が疲れた顔で長椅子に腰を下ろしていた。

彼はルイの姿を見て立ち上がり、形ばかりの握手を求めてくる。

「奥方様のことは伺いました。心から残念に思います」

ルイは口先だけで公爵夫人の死を悼んだ。

「痛み入ります。いまだ犯人も分からず、生きた心地がいたしません」

「ご心痛の中、わざわざ訪れてくださったのはなぜですか？」

ルイはあえて何も分からないふりをする。公爵は肩を落とすと、ルイに尋ねてきた。

「ジャンヌの身柄を返してもらえないでしょうか？」

予想通りの言葉に嘲笑が込み上げてきた。

邪魔な妻を失った公爵が、アンジュの母との関係を再開させようと接触を図ってくる。

それは、ルイが予想した展開の一つだった。

ルイは嘲笑を押し隠し、丁寧な口調で公爵に答える。

「申し訳ない、ジャンヌ殿ご本人がクーレングーシュ家への帰還を望んでおりません。このまま僕の名のもと、保護を継続しようと思います」

「あれは二十年近く、私の愛人だったのですが」

「ジャンヌ殿のたっての願いなのです。お話がそれだけでしたら、失礼いたします」

侍従長に目配せをして背を向けようとすると、公爵が慌ててルイを引き止めた。

「お、お待ちください！　なぜジャンヌを返してほしいのかお話しいたします！」

「なぜでしょう？」

「アンジュが、本人のたっての望みで、実家で出産したいと言って帰ってきたのです」

――なるほど。そうくるか。まあ、頭が悪いなりに考えたんだろうな。

ルイは何も言わずに公爵の話の続きを待つ。

「ですが、アンジュを受け入れた妻がこんなことになってしまったので、我が家ではアンジュの面倒を見ることができません。そのため、アンジュの付き添いに、実母のジャンヌを呼び戻したいのです」

「アンジュは今どこにいるのですか？」

「ご心配には及びません。ジャンヌだけ返していただければ、あとは子どもが生まれるまでこちらで面倒を見ますから」

公爵は、亡き妻が攫ってきたアンジュを持て余した末、自分が得する方法を必死に考え出したのだろう。

「答えになっていません。アンジュはどこにいるのですか？」

「む、娘が実家を頼って帰ってきたのですよ？　誘拐のように言わないでください」

アンジュを返したくない理由は分かる。

ルイの耳に『無理やり連れ去られた』なんて事実が入ったら大変だからだ。保身のためにアンジュをずるずると引き留める気に違いない。

——詰めが甘いな。

ルイは低い声で、はっきりと公爵に告げた。

「公爵夫人が正王妃様に頼んで、アンジュを誘拐させたことは分かっています」

はっきりと告げると、みるみる公爵が青い顔になる。

「ば、馬鹿なことを言わないでください。名誉毀損ですぞ」

「僕はアンジュが無事に戻ってくればいい。亡くなられた夫人の犯罪を責めようとは思いません。それより、失礼ながら、安全な公爵邸を出てこちらにいらしたのは、得策とは言えませんね。今がどんなに危険な状況かお分かりになりますか？」

「そ、それは……」

目に見えて公爵が動揺する。

「僕の予想が正しければ、殺人犯はまだ自由にそこらを歩き回っているはずです」

「で、殿下は、妻を殺した人間に心当たりがおありなのですか？」

ルイは薄く笑って答える。

「あるような、ないような」

「な……なにを……？」

「ああ、公爵はご存じないのですね。こんな悲しい事件が起きた直後なのですから、無理もありません。侍従長、すまないがジュニトが届けてくれた娯楽誌を持ってきてくれ」

一礼した侍従長が応接室を出て、しばらくして戻ってくる。手にはクーレングーシュ公爵夫人の名が大きく表紙に書かれた、例の娯楽誌があった。

誌面で取り上げられている『不倫の手紙』は、ルイが書き、エサントを通じて雑誌社に流させたものである。

「殿下、こちらでよろしゅうございますか？」

「ありがとう」

ルイは笑顔で、その娯楽誌を受け取って公爵に差し出す。

公爵は瞬きもせずに表紙に踊る文字を凝視した。

自分の家がただならぬ醜聞に巻き込まれたことを悟ったのだ。震える手で娯楽誌を読む公爵をしばらく見守り、ルイはゆっくりした口調で言った。

「記事の内容、よろしかったらご説明しましょうか？」

公爵が記事に目を落としたまま首を横に振った。

「正王妃様の手紙を妻が売った？　ありえません。あれは正王妃様に忠実な女だった」

「しかし『相手』はそう思わなかった。夫人に裏切られたと思ったのです」

公爵がこれ以上はないほどに目を見開く。

夫人を殺した犯人に『気づいた』に違いない。

——のこのこやってきて、ちゃんと罠に掛かってくれる。理想的な獲物じゃないか。

ルイは丁寧な口調で言った。

「奥様が潔白であることを祈ります。ところで、そろそろアンジュの居場所を教えていただけませんか？　公爵夫人が誘拐したことには目をつぶりますから」

公爵はしばし迷ったのち、口を開いた。

「……分かりました。ですが誤解しないでいただきたい、私はアンジュを助けた側の人間なのです。本当に、連れ去りは妻が勝手にやったことですから」

「なるほど。ではその手紙の件も、奥様が勝手にやったことだと正王妃様に誤解されたのでしょうね」

公爵が苦いものを噛み潰したような顔になる。

ルイはここぞとばかりにたたみかけた。

「手紙を預けるほど信用していた相手に裏切られ、あの方もカッとなってしまわれたに違いありません」

「正王妃様からお預かりした手紙を、妻が転送せずに隠していたとは」

——なるほど、『手紙』そのものは実在するのか。

ルイは他人事のように考える。

公爵のこの態度から察するに、正王妃の不倫は事実なのだ。正王妃に近かった彼はそのことを知っていた。

——では、王太子殿下の本当の父親が誰なのか、公爵はそこまで知っているのかな？

そう思いながら、ルイは神妙な顔で公爵に忠告した。

「もしも正王妃様の過去の醜聞にお詳しいのならば、公爵の御身も危険です」

「そ……そんな……！」

このままでは自分や子どもたちにまで累が及ぶと気付いたのだろう。公爵は悔しげに漏らした。

「私と妻は……これまで正王妃様に忠誠を誓ってきたのですぞ……ア、アンジュだって、正王妃様のお望みで貴方に嫁がせたんだ、それなのに！」

——正王妃に尻尾を振って、社交界で有利な地位を得てきた、が正しいだろう？

皮肉に思いながら、ルイは頷いた。

「存じ上げております」

「あの手紙を売ったのは妻ではないかもしれない。せ、正王妃様の不倫相手が金欲しさに売ったのかもしれないではありませんか！　ありえます。あの男は女癖の悪さで社交界を追われたあと、金に困っていた。だから……っ！」

公爵はずいぶんと正王妃の不倫相手に詳しいようだ。調べる手間が省けた。

——そうそう、悪いのは貴方ではない。金目当てに手紙を流出させ、正王妃の怒りを買った人間が元凶なんだ。

ルイは笑いを押し隠しながら、公爵の話の続きを待つ。

「それなのに話も聞かずに殺してしまうとは、あんまりだ！　それだけでなく、私や子どもたちの命まで狙う可能性があるとは……こうしてはいられない……！」

単純な男だ。

恐怖は人の判断力を鈍らせるというが、こんなにあっさりと罠に落ちてくれるなんて。

――公爵にとっての『犯人』は、正王妃以外にありえない。散々尽くしてきたのに、土壇場で切り捨ててくるご主人様だ。このまま黙って消されたくはないよな？

さて、公爵はこれからどんな行動に及ぶのか。追い詰められた公爵の踊りっぷりが楽しみでならない。そう思いながらルイは口を開いた。

「ならばどうか、国王陛下に本当のことをお話しになってください。アンジュの父親である貴方が罰せられるのは、僕としても心苦しい」

ルイの助言に、公爵が目を見開く。

「へ、陛下に真実を、ですか？」

「はい。今後は国王陛下に対して、誰よりも厚い忠誠をお示しになるべきだ。公爵はまず身の潔白を示されたほうがよろしい。正王妃様の不倫相手をご存じなら、その人間を告発なさってはいかがでしょう？」

公爵は、ルイの問いに頷いた。

「……正王妃様に取り入っていたのは妻だけだ。私は妻に頼まれて、多少手を貸していたにすぎない」

――死人に口なしか。冷たい男だな。

そう思いながら、ルイは公爵を促す。

「ところで公爵、そろそろアンジュの居場所を教えていただけませんか？」

慌てた様子の公爵が、立ち上がりざまにルイに告げた。

「アンジュは私の友人、アルド伯爵が支援している慈善事業団体の産院におります。で、では失礼、私は所用がございますので」

——アルド伯爵の産院か。そこまでわかればすぐに調べられる。

そう思いながら、ルイは笑顔を保って公爵を見送った。


ルイはアルド伯爵の産院に駆けつけた。産院からは出産中の産婦の悲鳴や、生まれた赤ん坊の泣き声が絶え間なく聞こえてくる。

「医師以外の男性は立ち入り禁止です。警邏隊を呼びますよ」

受付の女性に冷たく断られ、ルイは慌てて首を横に振る。

「妻がここに運び込まれたと聞いたのですが」

「奥様のお名前は？」

「アンジュ・ド・コンスタンです」

「え……？」

ルイとアンジュの姓は王家のものだ。眉を顰めた女性が驚いた様子で尋ねてくる。

「失礼ですが、貴方様は？」

「この国の第二王子のルイです」

「王子殿下……？」

女性が値踏みするようにルイの衣装を見て、愕然とした表情になる。

服装を誇るわけではないが、ルイの衣装は手の込んだ値が張るものだ。受付の女性はルイがそれなりの身分であることを信じたのだろう。

「お待ちくださいませ、殿下。今確認して参ります」

駆け去っていった女性が戻ってきたのは、五分ほどしてからのことだった。

「お待たせいたしました。ご案内いたします」

「アンジュは無事なんですか？」

「私は受付なので分かりません。奥様の状況は担当の産婆に確認してください」

ルイが案内されたのは、二階の粗末な扉の前だった。

中からはアンジュの絶叫が聞こえてくる。

「いやあぁぁぁっ！　痛い、うぅぅぅ……っ」

叫び声の凄まじさに、ルイは腰を抜かしそうになった。

やがて絶叫は止んだ。陣痛の波が一時的に引いたのだろう。

ルイは受付の女性を振り返る。

「余裕がありそうだったら、産婦に夫が来たと伝えてください」

受付の女性が産室に入っていく。やり取りの声は小さくて聞こえない。やがて陣痛の波が来たらしいアンジュが再び声を上げ始めた。

「あぁぁぁ！　ぐうっ、うぅぅ……」

聞いているだけで脂汗が出てくる悲痛な声だった。受付の女性が部屋から出てきて、ルイに告げた。

「奥様が食べ物を用意しておいてほしいと」

「い、今ですか？」

「よかったら私めが代わりに買って参りましょうか？」

受付の女性がうやうやしい態度で申し出てくる。ルイはアンジュの悲鳴に気が気でない思いをしながら、頷いて金貨を二枚取り出した。

「お釣りは取っておいてください」

高額の駄賃に女性は目を輝かせ、礼を言って階段を降りていく。ルイは何もできずに、産みの苦しみに泣き叫ぶアンジュの声をただ聞いていた。

「はぁ……っ、はぁ……、うぅぅぅぅっ！」

いきむ声と悲鳴は小休止を挟みながら、だんだん悲痛になっていく。

どれほど痛い思いをしているのだろう。汗だくになったルイの耳に、産婆らしい女性の声が飛び込んできた。

「頭が出たから力を抜いて」

「痛い！　痛ぁぁぁぁっ！」

「赤ちゃんの肩が通るから痛いよ」

――ああ、どうか二人とも無事で！

そう思ったとき、先ほどの女性が声をかけてきた。

「食べ物、適当に買ってきましたわ」

今はそれどころではない。ルイは部屋の扉に手をつく。

――アンジュ……！

やがて叫び声は止み、ほぎゃ、ほぎゃという赤ん坊の泣き声が聞こえてきた。

「ほーら、おめでとう。赤ちゃん抱っこできる？」

アンジュが何かを答えた。赤ん坊の泣き声が頼りなくあたりに響く。

「妻と子どもに会えますか？」

「奥様の手当てが終わったら会えると思いますわ。こちら、頼まれた食べ物です」

受付の女はそう言うと、ルイの手に紙袋を押し付けた。

――あんなに叫んでいたのに食べられるのかな？

疑問に思いながらも、ルイは紙袋を受け取った。かなりの量のパンと果物が入っている。

ルイはその袋を抱え、唇を噛んで扉を見つめた。

——後始末が長い。アンジュと子どもは無事なのか？

長い時間が経ったあとにようやく扉が開き、産婆が姿を現した。

「ふん、あんたが旦那？　なんで奥方をこんなところに送り込んだの？」

「義父が勝手に連れて行ってしまったんです。なので探していました」

「面倒そうな話だね、もういいや。とにかく、お貴族様ならここの施設にあとで寄付しておくれよ。奥方に顔見せてやんな。ずいぶん安産だったよ、良かったね」

ルイは頷き、慌てて部屋の中に入った。

蒸し暑いほどに暖められた室内は血と潮(しお)の匂いがする。

アンジュは寝台に横たわり、頭の脇に置かれた赤ん坊をじっと見つめていた。赤ん坊は泣き止み、眠っているようだ。

「アンジュ！」

「ルイ様……！」

アンジュは光をいっぱいにたたえた目で微笑み、そっと赤ん坊の身体に手を添える。疲れ切っていても、生命力に満ちあふれた美しく優しい笑顔だった。

アンジュは生きていた。

先ほどルイの前に姿を現したぐしゃぐしゃの影は、やはりアンジュではなかった。あれらは本物の家族ではなく、ルイの頭が作りだした幻にすぎないのだ。

改めてそのことを実感しながら、ルイは震える手で額の汗を拭った。

「見てください、赤ちゃん、こんなに可愛いんです」

赤ん坊は金の髪をしている。壊れそうなくらい華奢で小さい。目を閉じていて、瞳の色は確認できなかった。愛おしさを感じるより前に、安堵で腰が抜けそうになった。

「あ……ああ……」

ルイは紙袋を抱えたまま、寝台の傍らに膝をつく。

「無事でよかった……アンジュ……！」

「赤ちゃん、とっても元気ですって。予想外の場所で生まれちゃいましたけど」

アンジュが優しい口調で言う。とんでもない目に遭ったはずなのに、アンジュはいつものように落ち着き払った態度だった。どくどくと音を立てていたルイの心臓も、アンジュの穏やかさに包み込まれ、平常時の鼓動を取り戻し始める。

ルイの声が聞こえたせいか、赤ん坊が再び泣き出した。アンジュはゆっくりと身体を起こし、優しい手つきで赤ん坊を抱き上げた。

「男の子なんです。すごく凛々しい顔してるでしょう？」

「起き上がって大丈夫なんですか？」

アンジュは頷くと、抱いていた赤ん坊を差し出してきた。

「抱っこしてあげてください」

ルイは寝台の端に腰掛けると、紙袋をアンジュの枕元に置き、震える手を差し出す。

おくるみに包まれた身体をそっと抱えると、ぽってりした重みと熱が伝わってきた。

「壊れそうで怖いですね」

口元が自然とほころぶ。

「慣れてくださいな。これから毎日抱っこしてもらうんですから」

そう言われて、ようやく、我が子への愛おしさが湧き上がってきた。

なんて可愛いのだろう。

この世に無条件で守らねばならないものがあるとしたら、それはこの子だ。

そう思いながら、ルイは小さな身体をそっと揺する。

かつて想像していたような『孤独からの圧倒的な救済』は訪れなかった。

この子はルイの心を慰めるためではなく、自分の人生を生きるために生まれたのだ。

アンジュが命がけで生んでくれた存在が、ルイのための道具であるわけがない。今さらながらに、そのことがはっきりと分かった。

「可愛いですよね……」

「ええ、可愛いです。大変な思いをして産んでくれてありがとうございます」

「この子の顔を見たら、苦しかったことは忘れちゃいました」

アンジュが微笑んで、おくるみから覗く小さな手を撫でる。

「ああ、本当に可愛いな」

自分のものとは思えないほど、優しい声が出た。

ふにゃふにゃと泣いていた赤子が泣き止み、ルイの腕の中で再び眠り始める。無垢そのものの我が子の寝顔に、ルイの顔は緩んだままだった。

——僕に男の子が生まれたと知ったら、正王妃をまた刺激してしまうだろうな。お前のためにも、危ないものは全部片付けてしまおうね。

ルイの口元から笑みが消える。

「どうなさったんですか、ルイ様？」

「この子のために、綺麗な場所を作らないと」

ルイはそう答えると、アンジュに微笑みかけた。

「危ないことはなさらないでくださいね」

さすがに勘が鋭い。ルイは笑ってアンジュに答えた。

「もちろんです。危ないことは一切しません。僕が望むのは家族の平和ですから」

第五章　家族の幸せのために

「あ！　エリクが笑いました」

ルイは幼い息子のがんぜない笑顔に相好を崩した。最近話しかけると笑うようになって、息子へのルイの愛は加熱する一方である。

エリクが生まれて二ヶ月、外の世界はさておき、ゴーテ城の中は平和そのものだ。

「どれ、私にも抱かせてくれないか」

『急病』から回復した祖父が、嬉しくてたまらないとばかりに手を伸ばしてくる。ひ孫の可愛さは格別らしい。

エリクの産着の胸には、祖父が若い頃に隣国から贈られたという巨大なエメラルドのブローチが輝いている。

今日、祖父が持ってきてくれたものだ。どうしてもエリクに贈りたかったらしい。

「こんな豪華な宝石、また正王妃様が欲しいっておっしゃるんじゃないかしら？」

アンジュが困ったように首をかしげる。祖父は、憤然とした表情で言った。

「そもそもあのルビーの指輪も、正王妃に譲るつもりなどない！　まるで私が必ず死ぬかのような振る舞いをしおって、正王妃め、絶対に許さんぞ」

祖父はやはり『誰か』に毒を盛られていたらしい。

だが元々体力があるおかげか、奇跡的に回復したのだ。今は自分を始末しようとした『誰か』に対して怒りを隠そうとしない。

「先王陛下、あまりお怒りになってはお身体に障りますわ」

「待っていろ、アンジュ殿。指輪は必ず正王妃から取り返してみせるからな」

憤然と言う祖父にアンジュが首を横に振る。

「エリクがいますし、今はことを荒立てたくないのです」

アンジュの気遣わしげな視線は、小さなエリクに注がれている。

確かに今正王妃を刺激して、襲撃を受けるのは得策ではない。しかし襲撃の事実を知らない祖父は、不機嫌な表情で続けた。

「あれを黙らせるには、今が好機なのだがな。昔の恋文だの、王太子が国王の子ではないだの、散々な醜聞にさらされておろう？　それになにより、クーレングーシュ公爵夫人を殺したのもあの女だと国中が騒ぎになっているだろうが」

――あの女、僕が意図した以上に追い詰められているようだ。

『正王妃は、昔の文通の情報を売った〝親友〟を殺し、証拠隠滅を図った』

国内ではそんな噂がまことしやかに囁かれている。

この一ヶ月半、正王妃はパーティやお茶会に一度も姿を見せないという。公務には出席するものの、表情は冴えず、憂いをたたえた表情ばかりとの噂である。

——どうやらだんだん、こたえてきたようだな。そろそろクーレングーシュ公爵が動くかもしれないから、僕は静観していよう。

ルイは穏やかな表情で祖父に言った。

「指輪を取り返したいと思ってくださるお気持ちだけで充分です。正王妃様は醜聞で気が立っておいでですから、アンジュの言うとおり刺激しないほうがいいでしょう」

「ルイ、お前は優しすぎる。指輪の件は、私を動けないようにした挙げ句に好き放題して、本当に許せないと思っているのだがな」

「お祖父様、正王妃様のことは気になさらず、お身体を労ってください。ね、エリク、お前もお祖父様が笑っているほうが嬉しいですよね？」

祖父の腕の中のエリクに話しかけると、ニコッと笑った。話は通じていないのだろうが、優しく話しかけると笑顔を見せるようになって、日々愛おしさが募りすぎる。親馬鹿だと言われようとも息子が世界一可愛い。

ルイも祖父も、エリクの無垢な笑顔につられて同時に笑顔になった。

「お前もルイも本当に優しい子だな」

可愛くて仕方がないとばかりに、エリクをあやしながら祖父が言った。

エリクは短い腕をばたつかせ、ニコニコと笑っている。

「お祖父様が来てくださって、とってもご機嫌ね」

アンジュが優しい仕草でエリクの細い髪をかき上げ、続けた。

「最近エリクはルイ様にそっくりになってきましたわ」

「僕は、髪と目の色以外はアンジュに似ていると思うのですが、お祖父様はどう思われますか？」

「どちらに似ても美しい子に育つとも」

ほのぼのとしたやりとりを交わしていたとき、部屋の扉が叩かれる。

「ルイ殿下、国王陛下からの使者がおいでです」

「今はお祖父様をお迎えしている。あとにしてもらえないか？」

ルイはそう答えながら扉を開けた。侍従長が困ったように声を潜める。

「それが、どうも、正王妃様がらみの問題らしくて」

「おい、陛下に何かあったのか？」

祖父がエリクを抱いたまま声を掛けてきた。国王の名が出たので、ただ事ではないと察したに違いない。

「さあ、なにがあったのでしょう？」

「くだらん噂が流れているようだが、なにがあろうとお前は私の孫だからな」

――実際はどうなのでしょうね。

ほろ苦い思いで微笑むと、不意にエリクが泣き出す。

アンジュが慌てて小さな身体を祖父から受け取った。

「どうしたの？　眠くなっちゃったかしら？」

アンジュは、祖父の抱っこで逆立ってしまったエリクの髪をそっと撫でている。

ルイは思わず微笑んだ。

なぜあんなふうに髪が立つのだろう。どんな姿もとにかく可愛い。

――もめ事なんかより、エリクと過ごすほうがずっと充実した時間なのに。

ルイはそう思いながら祖父に頭を下げた。

「申し訳ありません、お祖父様。使者の話を聞いて参ります」

「小さな子がいるのに長居するわけにもいかないな。私もそろそろお暇しよう」

祖父はそう言うと、エリクの頭を愛おしげに撫でた。

◆

――なんで私まで呼ばれるの？　一応、まだ産後の療養中なのに。それほどの大事件が起きたってこと？

アンジュは不安に思いながら、ルイと共に王宮に向かっていた。

どうやら王宮で、正王妃に関しての話し合いが行われるらしい。

——正王妃様もこれまでやりたい放題だったのに、いきなり責められる立場になってしまうなんて。人の噂って怖いわ。本当に正王妃様が公爵夫人を殺したのかしら。

アンジュは馬車の窓から外を眺めながら、ぼんやりと考えていた。

乳母とマイラに預けたエリクが心配だ。もちろん彼女たちならしっかり面倒を見てくれるに違いないのだけれど、愛しい我が子と離れるのが寂しくてたまらない。

「貴女まで付き合わせてすみません」

アンジュのため息に気づいたのか、ルイが申し訳なさそうに言った。今日の彼はいつも通りのきちんとした服装で、勲章などは身につけていない。

——どこに出しても恥ずかしくない王子様っぷりだわ、いつ見ても。

「いいえ。私が呼ばれたのも何か理由があるんだと思います」

そう答えたとき、馬車が王宮の正面玄関に着いた。ルイに手を取られて馬車を降り、従者の案内に従って話し合いの会場へと向かう。

連れて行かれた部屋は、あまり飾り気のない部屋だった。そこで予想外の人物を見つけ、アンジュは首をかしげた。

――どうしてお父様がいるの？　お父様が呼ばれたから、私も呼ばれたってこと？

父クーレングーシュ公爵の隣には、知らない男が俯いて座っていた。顔立ちは端整だが、ひどく暗い雰囲気だ。年の頃は、父と同い年くらいだろうか。

――あの人は誰？　お父様が連れてきたみたいだけれど。

さらに首をかしげたとき、国王が言った。

「ルイ、アンジュ殿、こちらの席に座りなさい」

指定されたのは、ずいぶん上座の席だった。明らかに正王妃が怒りそうな場所である。

――あんな場所に座っていいのかしら。あちらは王太子様のお席では？

「かしこまりました、陛下」

ルイは戸惑うアンジュの手を取り、席に着く。正王妃はなにも言わなかった。

よく見れば、王太子が少し下座の席に座っている。

その隣には王太子妃の姿はなかった。王太子の不倫で不仲になっている、というのは本当の話なのかもしれない。

――なに……？　一体なにが起きているの？　怖いのだけど？

身を固くしたアンジュの耳に、国王の声が飛び込んでくる。

「その者の顔を上げさせよ」

国王の命令と共に、公爵が俯いていた男の顔を上げさせた。その男の顔はやつれてはいるものの、よく見れば王太子に生き写しだった。

――この人は誰……？

訳が分からずにいるアンジュのすぐ側で、国王の短いため息が聞こえた。

公爵が男を押さえつけたまま声を張り上げる。

「陛下、この男が、私の亡き妻と手紙のやりとりをしていた者です。どうやら私の妻は、正王妃様からお預かりした手紙を、この男に転送していたようなのです」

青ざめた正王妃が悲鳴のような声で言い返す。

「知りません！　いい加減なことを言わないでちょうだい！」

「本当にご存じないのですか？　私の妻は、貴女の不倫をお手伝いしていたのでは？」

公爵の言葉に、正王妃は激しく首を横に振った。

「クーレングーシュ夫人は私の友人でした！　ゆ、友人に、そんなことを頼んだりするものですか！」

「その『友人』を殺したのも、貴女様だともっぱらの噂ですが」

公爵が冷ややかに言うと、傍らの男に尋ねた。

「陛下の前で本当のことを言え。お前は私の妻と不倫をしていたのか、それとも、私の妻から正王妃様の手紙を受け取っていただけなのか」

「こ、公爵夫人からは、正王妃様の手紙を受け取っていただけでございます」

「なるほど、では王太子殿下は誰の子だ？」

「わ……私の子かもしれません……」

——どういうこと？　訳が分からないのだけれど。

アンジュは戸惑いつつ、国王を振り返る。国王は疲れたように目を伏せ微動だにしない。

少し離れた場所に座る王太子が、目に見えて震え始めた。

「は……母上……これはいったい……？」

正王妃はなにも答えない。ただ、王太子に生き写しの男をにらみつけているだけだ。

——お父様が連れてきた男が、王太子殿下の実の父親ってこと？

アンジュは傍らのルイを見上げた。ルイはさして興味もなさそうに成り行きを見守っているだけだ。

——なぜお父様が正王妃様の不倫相手を連れてきたの？

ドレスの膝の上で拳を握ったとき、国王が疲れた声で言った。

「王妃」

「私はあんな男は知りません」

「過去の不倫については一歩譲るとして、お前はあの男の子どもを、私の王子だと偽って産んだのか？」

「違います、王太子は……」

正王妃が言いかけて、疲れたように唇を噛んだ。

誰がどう見ても、王太子は国王より、精彩を欠いた男に似ていたからだ。

――この二人、本当に親子なのでは？

固唾を呑んだとき、国王が言った。

「お前は私をたばかり、他人の子を王太子だと偽ったうえ、この話をもみ消すためにクーレングーシュ夫人を始末したのだな」

「ふ、夫人を殺したのは、私ではありませんっ！」

正王妃が蒼白になって首を横に振る。

震える正王妃を一瞥し、公爵は国王に言った。

「正王妃様の不倫に加担していたのは妻だけです。私は己の潔白を証明するため、妻が書き残した日記を確かめて、この男を探し出してまいりました。陛下、どうかこの男をいかようにも処分なさってください」

アンジュは公爵の様子にかすかな違和感を覚えた。

――お父様、なぜ正王妃様が夫人を殺したって言い切るんだろう？

そう思ったとき、公爵が正王妃に向かって言い放った。

「私は妻のように、貴女にむざむざ殺されたりはしない」

「で、ですから、私は夫人を殺したりしていません！　娯楽誌に掲載された手紙も私のものではありませんし、なにもかもが誤解です！」

必死に否定する正王妃の言葉を遮り、公爵が言う。

「陛下、王太子様はこの男の子どもで間違いございません！　私は陛下のため、真実を明らかにするためにこの男を引きずってきたのです、どうか正王妃様に厳格な裁きを！」

緊迫した空気の中、アンジュはこわばった表情でルイを見つめた。

——え？

見間違いかもしれないが、ルイはわずかに微笑んでいた。彼はアンジュの視線に気づいたように、視線をこちらに向けてくる。

「どうしました？」

「い、いえ、なにも……」

アンジュは小声で答えると、首を横に振った。

疲れ切った顔の国王が、王太子に問いかける。

「王太子、お前はこのまま王位継承権を持っていたいか？」

「え……あ、あの、父上……？」

「母を黙らせて王太子のままでいるか、母の醜聞をすべて認めて共に全てを失うか、どちらかを選べ」

国王の言葉に、正王妃が金切り声を上げる。

「私は潔白です！　王太子は陛下の子ですわ！」

「ぼ、僕はもちろん、この国の王子のままでいたいです」

王太子はそう言うと、正王妃に向き直って言った。

「僕は、お疲れでいらっしゃる母上に静養していただきたいです……ち……父上がどのように母上を扱われようと、文句は一切……言いません」

誰とも目を合わせずに王太子が言い終える。

王太子は国王に次ぐ、この国の権力者だ。己の権力基盤である王太子に切り捨てられた正王妃が、みるみるうちに青ざめていく。

「なにを言ってるの、クーレングーシュ公爵の言うことは嘘よ。そ、そんな男には、見覚えもないわ！」

王太子はなにも答えない。

その様子を見届けた国王が、部屋の隅に控えていた兵士たちに命じた。

「王妃をいったん部屋へ。正式な処分は追って下す」

「い、嫌です、陛下！　何年もお仕えしてまいりましたのに、ひどうございます！」

抗う正王妃が、部屋の外に引きずられていく。

彼女の怒りの声が聞こえなくなったとき、国王がルイに尋ねてきた。

「ルイ、お前はこの国の玉座を望むか？」

「いいえ。僕は後に臣下にくだり、兄上の治世をお支えしたいと思います」

――なるほど。こんなに器が小さそうな王太子様、敵に回したらしつこく嫌がらせをされそうだものね。ルイ様らしいご判断だわ。私たちは王位継承の意思の有無を確かめるために呼ばれたのね。

「お前は優秀で、国の英雄でもある。もっと高望みしてもいい。王位継承権を本当に望まないのか？」

「はい、兄上を押しのけての玉座は望んでおりません」

首を横に振るルイの前で、王太子が露骨にほっと息をつく。国王がその様子を見て、冷たい口調で王太子に言った。

「お前はこれから先、一生、出生を国民に疑われながら過ごさねばならないのだぞ。私が退位したあと、どんな苦労が待っているのか心構えをしておけ。それができなければ王位はお前の従弟に譲る。そもそもお前は、私の実の息子ではないかもしれないのだからな」

青ざめた王太子を見ながら、アンジュは思った。

おそらく国王は、正王妃の浮気などとうの昔に気付いていたに違いない。

それに、あまり有能ではない王太子にも愛想が尽きかけていたのだ。だからこんなに冷たい態度を取っているのだろう。

だが、これまで世継ぎとして遇してきた彼を廃位するのは、国内外に対して障りが大きい。だから血統の件には目をつぶると決めたに違いない。

――王太子様には、ルイ様に嫌がらせしている余裕なんてなさそうだわ。それに王位継承権なんて有していたら、エリクが面倒なことに巻き込まれそう。私の勝手な意見だけど、ここではっきりと辞退してくださってよかったかも。

アンジュは内心でほっと息をつく。

ルイはまっすぐに背を伸ばしたまま、国王に言った。

「陛下、僕は王太子殿下が男児を授かり次第、王家の籍から抜け、亡き養父の後を継いでピアダ侯爵を名乗りたいと思います」

ルイの言葉に、国王が露骨に残念そうな顔をする。

「分かった。だがどんな立場になってもお前は永遠に私の息子だ」

国王の言葉に、ルイは微笑んだままなにも答えなかった。

――公爵夫人を殺したのは、正王妃様なの……よね？

正王妃は最後まで無実を訴えていたが、誰もそれを信じなかった。

国王は正王妃をまったく信じておらず、父は正王妃に次に殺されるのは自分たちだと信じて疑っていない。ルイは端から今日の話題には興味なさげだ。

――もし正王妃様じゃなかったら、公爵夫人殺しの犯人は誰なのかしら。

アンジュは無言で夫の顔を見つめる。

「そろそろお暇しましょうか。エリクが心配ですし」

「ええ……」

公爵夫人が殺されたのはアンジュが誘拐されていた間だ。

ルイに暗殺なんて企む余裕があったとは思えない。

おそらく公爵夫人は正王妃に殺されたのだ。正王妃は嘘をついているだけだろう。

「お祖父様のルビーの指輪も返していただけるといいですね」

――何もかも、ルイ様と私にとって都合の良いようになったけれど……。

微笑むルイに手を取られ、アンジュは釈然としない思いで頷いた。

エピローグ

正王妃が失脚してからというもの、アンジュの身の回りは平和そのものだ。

国王と正王妃は未だに夫婦のままである。しかし正王妃は醜聞により心身を壊し、政務に就くことが不可能となったために、事実上の引退をした。

少なくとも表向きはそう発表されている。

だが、その説明を信じている者はほとんどいない。

『国王陛下が、公爵夫人殺しの犯人である正王妃を軟禁している』という記事が、多くの娯楽誌を賑わせている状態だ。

実際には、正王妃は僻地(へきち)の修道院に入れられている。

その事実を知る者はほとんどおらず、彼女がそこから出ることもできない。王太子も、母親を助け出そうという気は皆無らしく、正王妃は手足をもがれた状態だ。

——おかげで襲われることもなくなって本当に良かったわ。不貞の手紙を雑誌社に売った犯人も、公爵夫人を殺した犯人も、どちらも結局曖昧なままだけれど。

アンジュは馬車に揺られながらため息をついていた。

世間は、手紙を売ったのは金欠のクーレングーシュ公爵夫人だと信じている。

そのおかげで、実家の家族は、ひどく肩身の狭い思いで暮らしているらしい。

父はしばらく母を探していたようだが、クーレングーシュ家の名誉が危うくなり、愛人にかまけるどころではないと気付いて大人しくなったようだ。

母は今、エサントという新しい伴侶を得て幸せに暮らしている。ルイの知己の宝飾職人だ。もうこれ以上、クーレングーシュ家に苦しめられずに過ごしてほしい。

――ルイ様の社交界人気は留まるところを知らないし、なにもかもがうまくいきすぎて怖いくらいだわ。誰が仕組んだことなのかしら。

「どうしました？　もうすぐ着きますよ」

向かいの席に座ったルイが笑顔で話しかけてくる。

『公爵夫人を手に掛けたのはルイ様ですか？』

その質問ができない。

――もうちょっと軽いことだったら気軽に聞けるんだけどな……。

公爵夫人の死を引金に、すべてがルイの思い通りとなった。

最大の敵だった正王妃は消え、アンジュと母を憎み抜いていた公爵夫人は天に召されて、クーレングーシュ家は没落しつつある。

ルイとアンジュを苦しめた敵は皆、見えない沼に沈んで行った。奪われた指輪も返還され、なにもせずともすべてを取り返せた状態だ。

「あとは王太子様に男の子が生まれるだけですね」

「ええ、そうすれば僕は晴れてピアダ侯爵を名乗ることができます」

ルイはそう言うと、腕に抱いたエリクの頭に口づけた。

その顔は慈愛に満ちていて、美しく、悪巧みをするような男には到底見えない。

——黙っていれば、完璧な王子様だものね。

ルイとエリクの金色の髪が、馬車の窓から差し込む光をきらきらと跳ね返している。

よく似た父子だ。エリクも大きくなったらルイのような美しい青年になるのだろうか。

だとしたら母としてはとても楽しみである。

——軽いことから、聞いてみようかな。

そう思いながら、アンジュは意を決してルイに尋ねた。

「あの、王太子様に新しい愛人ができたというお話ですけれど、ルイ様は……ルイ様はその件にはなんの関係もありませんよね？」

最近王太子には、新たに寵愛する娘が現れたらしい。

男爵家の養女で、行儀見習いとして王太子妃の側に上がった娘だ。

その娘が王太子との関係を主張し、早くもつわりの症状を訴え始めた。

次こそは王子をと盛り上がる人々、母親の身分が低すぎると反対する人々で、王宮では大騒ぎだそうだ。

「アンジュは相変わらず鋭いですね」

ルイが笑顔で答えた。

「えっ、ルイ様がやったんですか？」

「そうですよ」

ルイが答えると同時に、エリクが「あー、うー」と声を上げた。

アンジュは絶句する。ルイはぽかんと口を開けたアンジュに優しく言った。

「貴人の子を産んでひと財産手にしたい、という女性はけっこう多くいらっしゃるのです。今回僕が送り込んだ女性も、すでに男の子を二人産んでいる十九歳の未婚女性です。無論、王太子殿下の前では生娘のふりをしていると思いますけれど」

情報過多で頭が追いつかない。焦りながらアンジュは問い返す。

「そ、その方も、エサントさんの紹介で知り合った人なんですか？」

「そうです。経歴と名前を『加工』してもらって、男爵令嬢になってもらいました。さっそく子どもができたようでなによりです。王太子妃様と、愛妾のエミエラ殿は怒り狂っておいでですがね」

――二児の母が生娘のふり？　それに騙されている王太子様もどうなの？　というか、

王太子妃様も愛妾のエミエラ様も妊娠中よね？　競うように子どもを作っていたって噂で聞いたわ。まあ、三人のうちの誰かに男児が生まれれば、我が家は安泰だけど。

そこでふと気付いて、アンジュはさらに尋ねた。

「ま、まさかエミエラ様もルイ様が……？」

エミエラも、元は王太子妃の侍女だったはずだ。

「ええ、僕が戦争に赴く前に送り込みました。何度か身籠もっても、王太子妃を恐れてなかなか出産に至らなかったようですが、侍女から愛妾に取り立てられて良かったです」

「それって……王太子様に男の子が生まれるように企んでのことです……か？」

「はい。僕は昔から一日も早く『王子』の位を退きたかったので。すべては、よりよき自分の未来への投資です」

——ルイ様って、虫も殺さぬ顔をなさっているのに……なんと言ったらいいの？

いろいろと言いたいことがあるものの、アンジュは無言で頷いた。

ルイが腕に抱いたエリクに笑顔で話しかける。

「エリク、早くお前にも従弟ができるといいですね」

「ルイ様、王太子ご夫妻の関係をメチャクチャにしておいて、恐ろしいことを笑顔でおっしゃらないでください」

「美女に見境のない王太子殿下が悪いのです。手を出さない選択肢もあるのですから」

「あーうー……！　んま……うー！」

アンジュは話しかけてくるエリクに微笑みを返し、馬車の窓から外を眺めた。

美しい花畑の奥に、高い柵に囲まれた場所が見える。貴族専用の墓地だ。あそこにルイの家族、ピアダ侯爵家の皆が眠っているのだ。

やがて馬車は停まり、ルイはエリクを抱いたまま馬車を降りた。アンジュも彼に続く。

ルイは門を開けて墓地に入ると、奥のほうにあるまだ新しい墓に歩み寄った。

「ここに父様の家族が眠っているんですよ、エリク。お前が生まれたことをきっと喜んでくれていることでしょう」

別の馬車で付いてきた護衛たちは、少し離れた場所でこちらを見守っている。

「あの、今はもう、ご家族は見えないんですか？」

勇気を振り絞って小声で尋ねると、ルイはエリクをあやしながら答える。

「はい。僕の家族は皆、天国にいます」

――エリクが生まれてからはずっと同じ答え。お墓に来ても大丈夫みたいで良かった。

胸をなで下ろしながら、アンジュは優しく答えた。

「ご家族は、きっとルイ様やエリクのことを見守っていてくださいますね」

「僕がこんな風に言えるようになったのも、崩れた僕の心を貴女が積み上げ直してくれたおかげです」

「私が……？」

「はい。貴方と結婚して、僕は救われました」

アンジュは首を横に振る。

「私はなにもしていません。結婚してすぐに子どもができましたし、毎日毎日自分の業務、エリクが生まれてからはこの子のことで精一杯でしたわ」

「それでも僕は一人ではなくなった。だからもう一度やり直すことができたんです。ありがとう、アンジュ」

こんな風にお礼を言われるのが申し訳なくなる。アンジュは首を横に振った。

「私はなにもしていません。立ち直られたのはルイ様自身のお力です」

「そうでしょうか？　貴女は自分で思っているよりも、ずっとまぶしく力強い人なのですよ。その明るさで僕を正気付かせてくれたんです」

ルイは微笑むと、おしゃべりしているエリクを抱き直して、目をつぶる。アンジュも彼に合わせて瞑目し、手を祈りの形に組み合わせた。

どうか、ルイの愛する家族が安らかに眠れますように、と思ったとき、少女の嬉しそうな声が耳に届いた。

「ねえアラン、お兄様の奥様は綺麗な人ね」

——あら？　他にお墓参りの人なんていたかしら？

祈り終えたアンジュは目を開けて辺りを見回す。だが少女の姿は見つからなかった。

——誰の声だったんだろう？　もうどこかに行っちゃったのかな？

不思議に思うアンジュに、ルイが問いかけてくる。

「どうしました、アンジュ？」

「いいえ、女の子が近くにいたような気がして。空耳だと思いますけれど」

そのときエリクが突然泣き出し、アンジュに両腕を伸ばしてきた。

「はいはい。お母様に抱っこを交代してほしいのね」

アンジュは笑って、ルイの腕からエリクを抱き取る。

泣いているエリクをあやしながら、アンジュはもう一度、ピアダ家の墓を振り返った。

——アランって、ルイ様の弟君と同じ名前だわ。そんなに珍しくない名前だけど。

「ふぎゃぁ、ふぎゃぁっ」

「こら、痛いわ、エリク」

エリクに髪を引っ張られ、アンジュはそれ以上考えるのを止めた。離れた場所にいたエリクの乳母が、泣き止まないエリクに歩み寄ってくる。

「妃殿下、エリク様に馬車の中でお乳を差し上げて参りますわ」

「私も行きます、皆で少し休憩しましょう」

そう答えてルイを振り返る。ルイはぼんやりと空を見上げていた。

「父上、母上、マルグリット、アラン……」

ルイの形のいい唇が、そう動いたように見えた。


その日の夜、寝台の中でアンジュはルイを待ち構えていた。

──やっぱり聞こう。さすがに『人を殺したのかどうか』なんて質問はしにくいけど、気になって気持ち悪いし。

エリクは乳母と一緒に、豪華な子供部屋で眠っている。

名門侯爵家の御曹司ともなれば、生まれたときから一流の乳母が付けられて、大切に養育されるものなのだ。

エリクもその例に漏れず、今のうちから綺麗な言葉だけを聞かされ、丁寧な情緒教育を施されている。

──まだ赤ちゃんなのに、教育で違いが出るものなのかしら。でも、どこの貴族の家もやっていることだし、きっと必要なんでしょうね。

ともすれば眠りそうになりながらも、アンジュはひたすらルイを待つ。

夜半をすぎた頃だろうか。静かに扉が開いてルイが入ってきた。

アンジュはむくりと起き上がる。作戦開始だ。

「寝ていなかったんですか？」

アンジュは答えずに、ガウン式の寝間着の帯に手を掛けた。そしてそれを脱ぎ捨て、下着も脱いで全裸になる。

ルイは呆気にとられた表情で、寝台の傍らで立ち尽くした。

「お待ちしていましたの」

刺激の強い話をするときは、別の刺激を与えながらがいいはずだ。あまり深刻にならずにすむような気がする。

あくまでアンジュの思いつきなので、実際にどうなのかは不明だが。

――我を忘れて愛し合って終わり、にならないようにしないと。

言葉に詰まったルイがみるみるうちに真っ赤になる。

「な、なにしてるんですか！　なにを……っ……！」

「もうお産から五ヶ月経ちましたから、夫婦生活を復活させたくて」

アンジュは耳まで赤くなったルイに手を伸ばした。ルイの視線はアンジュの顔と身体を交互に行き来している。

「僕は嬉しいですが、貴女の身体は大丈夫なのでしょうか？」

アンジュは無言で寝台を降り、立ちすくむルイに抱きついた。ガウン式の寝間着を着たルイの身体が強ばる。

「ご自分でお確かめになって」

そう言って、アンジュはルイの身体を力一杯引き寄せる。もつれた姿勢で寝台に倒れ込むと、貪るようにルイの唇に自分のそれを押しつけた。

最初こそ戸惑っていたルイの動きが次第に激しくなってくる。

「ん……ふ……」

ルイの手が強く尻の柔肉を摑んでくる。舌を絡め合いながら何度も口づけ、アンジュはむき出しの乳房をルイの胸に押しつけた。

「どうして今夜はそんなに大胆なのですか？」

ルイは焦れたように唇を離し、身体を起こして寝間着を脱ぎ捨てる。脚の間の彼自身は、どす黒くうっ血し、力強く反り返っていた。

アンジュは身を起こし、その先端に軽く口づけする。

かすかな刺激にも、淫杭は敏感に反応して揺れた。

「ルイ様は、お口で可愛がられるのがお好きですわよね？」

アンジュは答えを待たずに、隆起した杭を舐め上げた。ルイが耐えがたいとばかりに声を震わせる。

「す……好きですけれど……あ……」

ルイの反応がひどく可愛らしく見えて、アンジュはさらに舌を使った。

咥え込んだルイの肉杭は顎が痛くなるほどに太くて大きい。

それでも構わずにアンジュは浮き出た血管を舌でしごいた。

「ア、アンジュ、あまり激しく愛撫されては」

くちゅくちゅといやらしい音が響く。ルイの腹は快楽を堪えるように悩ましげに波打っていた。

淫靡な響きにアンジュの身体が火照り始める。このたくましい杭で久しぶりに貫かれることを思うと、お腹の奥が潤んできた。

——そうじゃなくて、ある程度したらルイ様に問いたださなくっちゃ……。

アンジュは杭を食みながら自分にそう言い聞かせた。乱れて落ちてくる髪を耳に掛け、ひたすら舌先で責める。

口の中でルイ自身がぴくぴくと動いた。愛おしさを覚えて、アンジュはくびれの先、丸みを帯びた先端をゆっくりと舐め上げる。

「そんな風に可愛がられては、暴発してしまいます。久しぶりなのですし」

ルイの大きな手がアンジュの頭を優しく撫でる。互いの吐息がどんどん荒くなっていくのが分かった。

「アンジュ、僕にも触らせてください」

肉杭が口内でさらに硬くなる。アンジュはそこから唇を離し、膝立ちになってルイの首筋に手を回した。

「駄目です。ルイ様と早く繋がりたいから」

アンジュは反り返った杭をそっと摑むと、濡れそぼつ秘裂にその先端を押しつけた。

「い、いけません、熱を冷まさないと本当に暴発しそうです」

「大丈夫です、いつも何回もお求めになるんですから、一度目くらい」

アンジュは子を産んでますます豊かになった乳房を、ルイの胸に押しつける。彼はごくりとつばを飲み込んで反論を止め、アンジュの両腰を摑んだ。

「そんな風に誘われたら、我慢できなくなります」

アンジュは身体を離し、にっこりと微笑み返して腰を落とした。

泥濘の中にそそり立つ肉杭が突き立てられる。身体を開かれる久々の感覚に酔いしれながら、アンジュはじっくりと時間をかけて太い杭を呑み込んでいった。

——あぁ……すごくいい……。

漏れ出す甘い吐息を呑み込み、アンジュはじわじわと身体を下げていく。

「焦らさないでください、アンジュ」

腰を摑むルイの手に力が籠もった。

「いけません。まだお待ちになって」

アンジュはそう言うと、杭を半ばまで呑み込んで動きを止めた。

「ルイ様に質問があります」

「あとにしましょう。ただでさえ久しぶりなのに、こんな状態では苦しいです」

ルイの滑らかな額には汗が浮いている。アンジュは彼の顎に口づけると、ずっと気になっていた問いを口にした。

「公爵夫人を殺させたのは、ルイ様ですか？」

「……ひどい人だ。もう我慢できないと言っているのに」

ルイの手がアンジュの腰を強引に引く。だがアンジュは抗ったまま、ルイの両頬に手を添えて尋ねた。

「教えてください。犯人はルイ様以外に考えられないんです」

「貴女に疑われているということは、他の人間も同じように思っているのでしょうか？」

ルイはそう言うと、せつなげにため息をついた。半ばまで呑み込んだ杭がひくひくと震えている。

「いいえ、私以外にルイ様を疑っている人間はいないと思います。正王妃様が不倫をなさっていたのも、王太子様が陛下の御子でないことも事実でしたから。王家はその事実を伏せるので精一杯でしょう？」

「その通り、事実が僕を守ってくれます」

ルイはそう言うと、アンジュの乳房の先を片手でぎゅっとつねった。

「あ……！」

甘い刺激に、身体から力が抜けた。アンジュの身体が再び強く引っ張られる。その勢いで腰が落ち、アンジュの蜜窟は肉杭を一気に呑み込んだ。

「んぁぁぁっ！」

「僕は、家族を守りたかっただけの善良な夫ですよ」

「だ……だめ……急に……っ……」

強い衝撃に耐えかねて、アンジュは弱々しく下肢を震わせる。

ルイは脱力したアンジュの耳元に唇を寄せてきた。

「僕たちの周りは敵だらけでしたが、殺すのはたった一人で済んだのです。いい手際だと思いませんか？」

「あ……やだ……奥……んん……ッ……！」

ぎっしりとアンジュの蜜路を満たした肉杭が、ぐいぐいと奥を突き上げてくる。あまりの快楽にアンジュは身をよじってシーツを蹴った。

「ああ、素晴らしい反応だ。久しぶりに愛し合えて嬉しいですね」

「あ、あんっ……あ、あの、じゃ、あの手紙も……」

「ええ、偽造品です。正王妃様は公爵夫人を殺していないし、手紙を書いてもいません」

――そんな……！　じゃあ全部ルイ様が仕組んだ……っ……！

目の端から快楽の涙がにじみ、アンジュは思わず広い背中に縋り付く。

「僕は、殺す数を『一』で済ませたんです。犠牲は少なければ少ないほどいい。戦争の時だって同じでした。敵兵を不必要に屠るような真似は一度もしませんでしたから。それが僕の矜持であり、生き方です」

「あ、ああ、奥、突かないで……っ……んぁぁ……っ」

快楽に負けた両腿がぶるぶると震え出す。

「感じやすい身体ですね。勘が鋭い分、身体も敏感なんでしょうか？」

「関係な……んっ……んぅっ」

身体を揺すられ、アンジュは思わず無我夢中で腰を揺らす。

——やっぱりルイ様が犯人だったのね……駄目……本当に達しちゃう……！

繋がり合った場所からぐちゅぐちゅと蜜音が響く。アンジュは腰を弾ませながら、何度もルイの顎に口づけた。

「ん……っ……あうっ……いい、気持ち、いいっ」

「アンジュ、そんな声を出されたら、僕はおかしくなってしまいます」

腰を掴んでいた手が尻に回った。柔肉を揉みしだきながら、ルイがうっとりした口調で言う。

「ああ、ずっと貴女を抱いていたい、愛しいアンジュ……」

あまりの快楽に朦朧としてくる。

アンジュは必死で理性をかき集め、自分を抱く夫に尋ねた。

「じゃあ、もう、誰も殺さない……ですか……？」

「いいえ、これからも家族に危害を加える人間は排除します」

――そうなんだ……。

どろりとした濃密な霧が、アンジュの思考を妨げる。呑み込んだ肉杭が熱くて硬く、これを貪ることしか考えられなくなっていた。

「貴女は、なぜこんなにも大切で愛おしい存在なのでしょう？」

ルイはしみじみと言うと、両腕でアンジュの背中をぎゅっと抱き寄せた。

「僕が手を汚すとしても、それは貴女とエリクのためです。だから仕方ないですよね？」

――汚し方が大胆すぎる……んです……。

そう言い返そうとしたが、アンジュの身体はすでに悦楽に呑まれ始めていた。

「ん……あ……あ、も、駄目……っ……」

アンジュの秘裂からおびただしい蜜があふれ出す。ルイの広い肩に頭を預け、アンジュは飢えたように腰を振った。息が熱く、ひどく乱れている。

「……僕も果てそうです、また子どもができたら困りますか？」

激しく突き上げられながら、アンジュは首を横に振った。

状況が落ち着いた今、子どもを多く持つのは悪い選択ではない。

虐げられていた頃は想像もしなかったが、自分は子どもを望んでいる人間らしい。それも一人ではなく複数。若いうちに産めれば身体も楽だろう。

「いいえ、困りません。産婆さんが言うには安産型だそうですし」

そう答えると、背中に回ったルイの腕にますます力が籠もる。

「よかった！」

ルイは嬉しそうに言うと、接合部を強く擦り付けてきた。

「んっ、ん……ぁ……！」

アンジュの秘部がぎゅうぎゅうと窄まり、うねる。目もくらむような絶頂感と共に、アンジュの中に多量の精が放たれた。

力一杯ルイに抱きつきながら、アンジュは思う。

——なにかあったら、ルイ様はまた誰かを殺すのかな……。

ふと、不安がよぎった。誰がなんと言って止めようと、ルイが『家族の敵』に容赦することなどないだろう。彼は、率直に言えば野放しにはできない男なのだ。

——ああ、この先、誰も私たちに手出しをしませんように。

アンジュはそう思いながら、ルイからの口づけに応えた。吐精はなかなか止まず、ルイの肉杭が震えるたびにアンジュの身体に甘い刺激が走った。

「周囲もだいぶ平和になりましたし、次の赤ちゃんは安心して迎えられますね」

ルイが嬉しそうに言う。ルイに抱きついたまま、アンジュはぼそりと答える。

「ええ、一応」

「どうして『一応』なんです？」

「ルイ様がなにをしでかすか心配だから『一応』なんです」

なにを隠したところでルイに対しては無駄だ。だから率直にそう伝えると、ルイは身体を離してアンジュの顔を覗き込んできた。

「僕は家族の平和を守りたいだけの、平凡な夫ですよ」

「そう言われても『旦那様が家庭的で嬉しい』とは素直に思えません。すべてのやり口が巧妙すぎますし、周囲の平穏を壊しすぎですもの」

アンジュはわずかに唇を尖らせて答える。

ルイはその答えに、爽やかに微笑んだ。

「大丈夫です、平和を邪魔されなければ、僕もなにもしません」

「そう……ですね。私たちの静かな暮らしを邪魔する人が悪いんですよね。それは確かに、その通りです」

アンジュが渋々そう答えた瞬間、貫かれたままの身体が寝台に押し倒された。

「分かっていただけて嬉しいです、アンジュ」

「え……？　あ……あん……っ……」

脚を大きく開かれたとき、中を穿つルイの肉杭が硬く反り返っていることに気付いた。

——相変わらず、なんてお元気なの……！

耳まで赤くなったアンジュにのし掛かり、ルイが爽やかな笑顔のまま言う。

「愛しています、僕の奥様。これからも必ず僕が貴女を守ります。だからずっと側にいてくださいね」

そう言ったルイの笑顔はどこまでも清らかで、アンジュの目にさえ虫一匹殺せなそうな男のように映る。

アンジュは近づいてくる唇を受け止め、しばし舌と舌を絡め合ったあと、快楽にかすれ始めた声で答えた。

「私も愛しています。だけど、なにごともお手柔らかにお願いしますね」

あとがき

栢野すばると申します。このたびは『結婚願望強めの王子様が私を離してくれません』をお買上げいただき、ありがとうございました。

このあとがきを書いている今は、暑すぎた夏が終わってちょうど涼しくなってきた頃合いです。ようやくほっと息がつけ、日々のお散歩も楽しくなってきました。秋のコンビニスイーツや路傍の花など、小さい楽しみを見つけて過ごせたらいいなあと思っています。

今回のお話は（も？）不幸ドン底ヒーローが、強いヒロインに救われるお話です。

私は生命力で死の影を吹っ飛ばしてくれるような女子が好きなので、書かせていただけて楽しかったです！

拙著のイラストですが、なんと鈴ノ助先生がお引き受けくださいました。

大ファンなのでまたご一緒できて嬉しいです。本当にありがとうございます。

それから担当様、刊行に関わってくださった皆様、このたびも本当にありがとうございました。素敵な本に仕上げてくださり、心から感謝いたします。

最後になりましたが、この本を手に取ってくださった皆様にお礼を。本当にありがとうございました。またどこかでお会いできることを祈っております。

この本を読んでのご意見・ご感想をお待ちしております。

◆ あて先 ◆

〒101-0051
東京都千代田区神田神保町2-4-7 久月神田ビル
㈱イースト・プレス　ソーニャ文庫編集部
栢野すばる先生／鈴ノ助先生

結婚願望強めの王子様が私を離してくれません

2023年11月4日　第1刷発行

著者　栢野すばる
イラスト　鈴ノ助
装丁　imagejack.inc
発行人　永田和泉
発行所　株式会社イースト・プレス
〒101－0051
東京都千代田区神田神保町2－4－7 久月神田ビル
TEL 03－5213－4700　FAX 03－5213－4701
印刷所　中央精版印刷株式会社

ISBN 978-4-7816-9757-4
定価はカバーに表示してあります。

Sonya ソーニャ文庫の本

『人は獣の恋を知る』 栖野すばる

イラスト 鈴ノ助

Sonya ソーニャ文庫の本

『恋が僕を壊しても』 栢野すばる

イラスト 鈴ノ助

Sonya ソーニャ文庫の本

『騎士の殉愛』 栢野すばる

イラスト Ciel